The Best Taiwanese Poetry
2023

臺灣詩選

宇文正 主編

輯四　沿著時間的航線

一座詩的島嶼——2023詩選序

宇文正

接下年度詩選任務，過去這一年幾乎是浸泡在詩裡的。其實擔任聯副主編以來，最大量的來稿就是詩，讓人深感：這眞是一座詩的島嶼啊。有些作者甚至可以一天傳來十餘首詩，彷彿隨時處在一種自動書寫的狀態。廣閱各報副刊、詩刊、雜誌、文學獎、詩歌節、臉書等等，這一年，我整個人醃成詩的漬物了。一開始，只要讀起來「有感覺」的就先留下來，到年底，把這些詩攤開來，一首一首重讀，檢視。

年底前，恰好閱讀楊牧、瘂弦兩位詩人的書簡，他們在信中訴說對詩的看法，因爲是私信，拿掉理論的包袱，表達最眞切的感受，格外令人心動。瘂弦說：「好的作品應該使人感覺：生命就是這個樣子的。」「看起來沒什麼，裡面卻有點什麼，這才更像人生，更像生活，生活的詩。」——這正是我說的「讀起來『有感覺』」而被我留下來的詩啊，即使有些乍看之下「沒什麼」。

重新篩選，發覺這些詩自動形成有機、有趣的組合，當整理分卷，再次鋪展開來，有種開箱的雀躍，每一卷發出不同的氣味，這是屬於２０２３年度的氣息。如酒，不同年分的酒，因當年的氣候，土地的特質，熟成的方式，而呈現不同風味，這一本年度詩選，未必是最好的一年，但我相信它有著獨特的韻致，時代的標記，豐美醇郁。

２０２３是戰爭之年，俄烏戰爭持續中，１０月７日爆發以巴衝突，臺海情勢詭譎，人心惟危，我讀到大量回應時局的詩作，也曾考慮把這些作品放在首卷，凸顯時代的聲音。思慮再三，仍然決定先回到生命的日常裡來。一部年度詩選，應該折射這一整年所有的生活，詩人的所感、所思，以及向記憶尋索、向未來預言、盼望的所有軌跡。

以下，這六輯共６７位詩人，將引領你凝視，聆聽，撫觸，嗅聞這一座詩的島嶼，重回後疫情、外有戰爭內有選戰的喧囂，而依然感謝寧靜的２０２３年。

我想和你虛渡此生

「我想和你虛渡此生」是最深情的日常，輯名來自陳克華同名詩作。詩中一長串否定的祈使：不完成什麼／不喝完眼前這杯夕陽浸泡過的酒……。不約定的約定，因爲啊愛情是山嵐，是晨霧，無論如何纏繞，膠著，一點點微弱的陽光就能穿透。相守不相守，終究是虛渡，虛渡又如何？

沈眠〈世界上最適合愛情的人〉獻給同是詩人的妻子夢媧，他讓愛成爲日常，愛是最美的時光，是癡迷，也是平庸，愛就是一個人的心靈史。他以龐大的敘事，在不相信愛情的時代，宣告「情歌不死」。

洪萬達的〈隧道〉，如一支短影音，閉上眼讓往事顯影，小鎮、婆婆、貓，你，我們。在巨大的隧道裡，聽見海，聽見幸福的回聲。黑暗的隧道，留住的，可以只是美好的當刻嗎？

路寒袖寫〈菊心〉，離散是我的本質，幸而有你凝神撿拾，一片一片，置我入沸，讓那澄黃的甘美微香，在你杯中，入你肺葉。詩人烹煮一壺深情之水，菊心即我心。

楊瀅靜如此〈慎重〉打開封鎖的記憶，在感覺自己像霧氣一樣漸漸將朦朧消亡之際，想起有人（那被抹去又複寫還原）——他寫下名字，「說很高興／很高興認識過我」……令人眼睛一熱。

林瑞麟〈背面〉如一獨幕劇，穿衣鏡前騰空衣物的背影，濕了的月光，雨，暈開一青紫胎記，你垂盪下一絲絲神祕的髮……畫面之外，「我想起愛我的那個人已經」安靜入睡，極短篇般的轉折，又或者只是透視心的背面？引人遐思。

廖偉棠的〈生日童話〉是一則暗黑童話吧？爲你摘的白髮融入地毯的編織，冰風暴的紋樣。想起十年前的夢，我是鶴，隨行在你身後，冰逆流而上，和我們相遇。冰雪風暴埋伏在四周，埋伏在歲月裡，夢裡。

羅毓嘉的〈母字〉是最溫暖的字。母親筆跡如柳枝，拂過橋下的水，貼滿冰箱，當時間流逝，水岸不再有垂柳，她仍然寫著寫著，把自己寫成了巨碩的榕樹，這一生，她寫的是「家」這個字啊。

葉莎〈我想爲你代言〉則欲爲父代言，描繪父親從時光朗朗的夏天走來，而今，老，如山崩坍的身軀……誰能平靜爲父親描繪他夢中死神的權杖？站在山邊，只覺礫石滿懷。

一靈〈按按兩帖——女兒周歲記〉讓我們歡喜迎接新鮮的生命。小小的指頭，像蝸牛觸角，輕觸宇宙的神祕按鈕，讓父親的體內亮起來：亮出一道古老的命題：你是誰？

深情的詩人怎能略過貓。然靈〈你來〉，敘說貓的布施，有時送鼠，有時送蟾蜍，有時是海，有時是一滴我流下的淚。你來，嗅聞過的花都暈紅了。

任何悲傷都值得溫柔一提

日常裡，更有悲傷，但「任何悲傷都值得溫柔一提」（李進文〈回憶〉）。

李進文近年以詩、畫相互指涉，相互註解。〈回憶〉裡察看人間天色，走回去看自己，一副萬馬奔騰的神氣；回來時，卻是孤煙的樣子。你啊，抓住下墜的世界不放。

湖南蟲看著曾經的〈自拍流出〉，是另一種溫柔的悲傷，對往事，對青春。曾經乾乾淨淨簡直像一張信紙，輕易爲誰摺成紙飛機就朝窗外射出去……紙飛機遠遠地遠遠地飛走了。紙飛機乘載著這樣那樣的「曾經」，「曾經，我們看著鏡頭，一起笑了出來」。就算是炭，是灰的如今，嘴角似也流露緬懷的笑意吧？

等候的時光，嚴忠政〈在微小裡〉細察花開葉落，讀信、讀雲，一個人的時候是塵沙，有風便能吹動，不知道發生了什麼，你沒有到，但曲折的時間可以拉長，你沒有到，但你沒有遲到，是禪學？還是寬容？

印卡〈不分享的快樂遲早消逝〉，夜，用眼睛聆聽，承認我們都是枕頭離岸的浮標，往另一個人的時區校正，如何精準調上身體的分針，好讓你就依在我手臂旁？深夜孤獨的心，在搖晃裡。

楊小濱窗前的斑鳩失蹤了，懷念牠咳出各式各樣的晚霞、煙霾和悲喜，懷念牠羽翅上的灰土，久久不散的氣味，斑鳩在遠方過得好嗎？寫指南給失蹤的斑鳩，給躲在書架後凝視斑鳩的時光，給怕驚動牠的那份心意。

鴻鴻說「偷懶眞是人類的天才發明」，能一遍遍地聽郭德堡變奏和玫瑰經奏鳴曲，能分辨金庸和紅樓的不同版本，人如果再懶一點就好了。是的是的，只要再懶一點點，我就放下這篇年度詩選序，再一遍誦讀〈偷懶頌〉，像蟋蟀那樣歌唱。

瞇的〈很像，但不是〉，寫給兩歲的小獅子，然而「小孩與動物所分辨的，我們並不眞能分辨」，毋寧說是寫給你、我的純眞失蹤指南。

黃岡〈氣數喪盡歌〉，打針，吃飯，失眠。糖衣裹著毒藥，踢踏腦殼邊境的夢。（是新冠肺炎嗎？「肺葉的哮喘是一張破了洞的手風琴」！）從子時一路數來，走過後青春時代，走過千山萬水，意識如游絲，黎明終將到來，令人忍不住道一聲：早日康復啊。

阿布的〈中年〉心情：童年的我與老去的我共用同一個身體，他們避不見面，卻持續在隱密的角落留下簽名，如海風在曾發亮的金屬上，公平地留下鏽跡。幸而在一日一日敗壞也一日一日輕盈中，仍有著永不缺席的月光，持續爲海面鍍銀。

辛金順的〈一生〉把自己讀成了消逝，那麼每一分每一秒的重生，都是死亡的探問。但一顆星星點亮另一顆星星，寂寞的夜裡仍有閃爍的星光。

死亡是什麼呢？是你的瘋狗浪？你搖晃的鬼針草？是你窄小的木盒？你內心深處的巨廈？當你最後一次偷聽、想你最好的一刻……你的救兵，是死亡？還是愛……我們思索楊智傑的〈死亡〉。

在華美的秋光裡，假如我們與唐捐一同來到濱湖的山村，品味豐隆的〈一世之傷〉，細數白樺上的蟬蛻，懷想長長的一生；假如我們也能擁有騷動的湖，閒靜和健康，將還給世界什麼呢？

炊煙是昇華的樹

這一輯，我們來走走吧！

散步柴柏松〈白瓷之路〉，坐下來喝杯茶，感受光的幻影，聆聽市景銅鈸敲響的顫音，傳入胸腔的陌生語言……瓷器般光潔的下午，在杯形的心思裡斟滿熱茶。

我來回流連紀小樣的〈日暮之景〉，「炊煙是昇華的樹」，灰燼如何憶起自己的年輪？蜿蜒過山脊與河流的花斑錦蛇，可曾記取自己褪色的繡衣？心被那陣歸巢的鳥鳴暗暗啄傷，面對難言，無言又欲言的日暮之景，卻見「炊煙蛇立起來／飛向了青天」。

在任明信的〈小徑〉，有美妙的人走來，用懸垂的指尖，在沙上，靜靜點下戒疤：那些想斷除的過往，喜悅與傷害……啊，希望你仍會記得小徑，小徑曲折，但盡頭無比美好。

聆聽林達陽的〈鋼琴〉。在雷雨中，聽一整夜的鋼琴，像一千隻白鴿起落飛行，像荒野裡無盡翻找一顆平凡的卵石。找到它，找到觸覺，找到自己。

一定要吟一曲焦桐的〈玉荷包頌〉，這心形的香水瓶，亞熱帶的雪膚……（我略過情色的段落）……溪澗冥想撫著巨石青苔，群鳥唱歌，聽到蘇軾白居易韓偓集體讚嘆，妃子的笑聲。明白愛上玉荷包之必要。

也要唱張繼琳的〈農村曲〉。樹上有鳥巢，就是樹的懷孕；蛇鼠一窩，那是豐收的記憶；所剩不多的熟人也都變老了……八個段落，八個小故事，都是農村的事。我最喜歡他說鴿子：一直到今天，鴿群還在村子的天空飛，似乎少了幾隻，天空自然就會補上幾隻。

馬翊航的〈風景與工作的眼睛〉以七段敘事，如同七堂族語課程，在那些字、音、語法反覆琢磨的過程裡，以新鮮深情的眼睛，重新體認部落文化，「你從哪裡來？你在哪裡？」一切都需要以手，以眼睛去學習，指認。

走過農村、部落，我們來到楊澤〈二二六巷漫興〉。巷口有花探出，但茶街往日不復，瘟疫刻在蔓延，冰山繼續瓦解，記憶比死還冷，啊，愚昧比死還狂。

李有成〈我走在檳城街頭〉似乎錯過了什麼，又似乎想起了什麼。少年時代的記憶零星斷續，老來心境，回首堪驚，炙熱的風，拂動褪色的峇迪襯衫，隱約可辨的，竟只是花紋。

回到家鄉霧峰創辦「熊與貓咖啡書房」的詩人林德俊（小熊老師），積極參與社區營造行動，成爲「在土地山林裡寫詩」的詩人，〈貓頭鷹的孵夢森林〉，爲復育貓頭鷹的桐林社區而作，這個社區爲失去樹洞的貓頭鷹吊掛上百個人工巢箱，貓頭鷹回來了，「一聲又一聲／愈來愈清晰的／霧——霧——霧——」

也不妨抬頭看看天空。姚時晴〈天空之外的天空〉，一封寫在長夜將盡黎明前的信。日光緩緩垂下根鬚，世界正一瓣瓣打開自己，以我們熟悉卻又全然不同的每個日常，濃霧，街道，公園的紅色溜滑梯，漁船，碼頭，始終存在卻又不斷消逝的草尖露珠……即將盛綻的黎明，多麼令人欣悅。但天空也有暴雷、烏雲、閃電，你會傾聽嗎？王怡仁〈我們談天空〉，不是所有的水，都能跌倒成讓人驚嘆的瀑布，然而光明磊落的雲，終究要釋放抱在胸懷裡的水，生養萬物的水。也許以霧，秋天再來。

林婉瑜〈高空發生的事〉可說是這一年度詩壇高空發生的奇事。一個有創意（有詩）的構想，也許執行方式可再斟酌、溝通，無論如何航空公司內部的問題，卻把詩的作者無端攪進爭議之中，詩人眞難爲。「世界是一幅卷軸／半開，半掩」，詩人請繼續前進吧，把這幅卷軸再推開一些，以詩。

來到歲末，林彧〈歲末〉（外一首）清醒數算著：山，窮，水，盡，以寫詩灌醉自己。詩人除了幽幽自嘲，仍「預約了一些期盼，請宅配明天到我家。」，原來，林彧網購的是自己的處男詩集《夢要去旅行》的首版與再版，「至少感覺贖回了一點青春。」

春天不妨來〈菩提寺〉鍛鍊禪心。蔡忠修的〈菩提寺〉，「有落葉就有芽尖」，是殘念，還是宣言？禪房有禪落入心田，春天游出人間，菩薩醒著，菩堤寺的菩堤也醒著。

廖咸浩〈入藏：浴佛節記事〉，細寫進入浴佛儀式的窄門，乃至回返塵市備極艱難的過程，但是啊，耳邊響起稚子微弱的音聲：「你要一直走，一直走」，「唯需問道於盲、或稚子／始得穿越一切恐懼／回到世間」。一字一句讀完，但覺把肉身浣洗一遭。

沿著時間的航線

動盪的時代，誕生壯麗的歌。

2022年底，世界猶在新冠疫情的恐懼中，中國反對清零政策的白紙運動，從學院向全國蔓延開來，舉起白紙，也象徵著對言論受限的抗議。肅殺蔓延，有人舉白紙淹沒了街角，白靈〈最壯麗的紙〉，憑弔屈原：「如果沒有冷透兩千年的離騷／穿透天下所有的紙／誰更能比你 有／最壯麗的死？」

劉曉頤〈我曾死過一分鐘〉，「只要世界可以和平一分鐘／硝煙暫止，全世界的坦克都壞了引擎／彗星拖曳著線條像／永恆的減法」，爲了保護這一分鐘，願意死去，在草塚裡，切下一小片時代摟著去死。

賴文誠〈沿著時間的航線〉，穿越砲聲，在勳章、舊皮箱、砲彈箱、米缸、眷補證、受潮的黑白照裡，引領我們回顧早已凋零的海軍，和他們流離顛沛海浪翻湧的烽火歲月……讀來熱淚盈眶，海軍眷村，我出生成長的家。

行旅天涯的詩人林禹瑄有詩〈他說下星期一起到基希涅夫〉。如何區分恐懼和希望的形狀？有人對她說，最好的命運也不過是一起到基希涅夫，「找到一扇最貧瘠的窗／重新成爲有信仰的人」；遠方有地面正在下陷，另一個遠方有人照常在死，「但是一切不過是順序」，因爲最壞的命運不過是，「他說。我們。到基希涅夫」……

田煥均〈海街日記〉，瞭望海風雕塑的地貌，抗風，耐旱，貧瘠困頓的生活；詩裡有對資本主義的批判，也有生生不息的盼望。充滿韌性，經得起時間磨損的海，「沙灘上原本已經奄奄一息的浪花／又重新活了起來」。

鄭琬融〈柔軟源自於何處〉直面人性的殘酷，「再多說一點吧，你說你是怎麼發現那頭鹿？怎麼／能忍受他死前炯炯的目光？在僵直的生命前嚴肅、莊重／鋸下那高達兩尺的頭顱，掛在牆面上」，一片柔軟的花瓣在顫抖……

陳家朗的〈公廈靈柩〉把目光朝向陌生孤獨的亡者，曖昧的描繪，表露現實的苦澀，倒下的盆栽，滿室的蒼蠅老鼠，發霉的牆角，持續滴落牆壁的滲水……讀來怵目驚心。

隱匿〈在九槍之中〉，回應蔡崇隆導演的紀錄片《九槍》，此片紀錄越南籍阮國非（阿非）等移工的故事。一連串的詰問，默默與紀錄片中的人物對話，最後是與詩人自己的對話：「彷彿那時你同時／是刀與肉／是扣下扳機的手指／也是躺在血泊中的人／與他們的母親」，以顫抖的聲音。

陳義芝〈如果你住加薩〉則是一連串最沉痛的假設。空襲是日常的鬧鐘，殺戮是無助的抵抗，鳥影會被彈擊，雲影也會被槍殺，醫院被摧毀，病患蓋上了白布，瓦礫在傷口，砲火在逃亡者腳下，「此刻，你還懷疑爲何有哈瑪斯嗎」？詩，可以怨嗎？困居六百八十一公里的高牆鐵絲網，誰曰不可？

鍾喬〈一個劇作家〉，是一首詩人寫給「劇作家」身分的詩，「風雪事件如何發生／又如何覆蓋整座城市／將形成怎樣的影響／這是寓言帶來的轉折／就如戰爭爲何發生／遠比譴責戰爭　重要」，劇作家在石礫布滿的曲徑中，冒著土石流災難前行，「這是懸念交代給惑問／不曾停歇的約定」。

而我們仍要在惘惘的恐懼中〈感謝寧靜〉，聆聽陳育虹獨特的中低音朗讀：「感謝早晨／感謝鳥，鳥巢／安穩，感謝草還綠／天空還藍，感謝太陽刷亮每一扇窗戶……感謝寧靜」！

浪花捲走你的身體

詩是抒情，詩是生活，詩是隱喻，詩是回憶，詩是憂懷，詩更是傷逝追悼的載體。

須文蔚〈你不再說文解字〉，寫給文字學教授許學仁，國語辭典是一座豐饒的島嶼，你細細耕作每一方漢字，「望著你不再說文解字的教室／想起還有那麼多等待你註釋的文字／從此只能孤寂蔓生到天涯」……

吳鈞堯的〈潮汐〉，「你尋我早有地址／莫要吝嗇心疼／你，是我與人間的對抗／／怎能不再給我海／垂眼簾，形成潮汐」，思念誰，祈求漲潮務必淹沒我？詩人在臉書上加一按語：「寫給母親……」

李長青〈浪花捲走你的身體〉送別早逝的小說家張經宏。「我們的友誼就像案上沖泡的壺水，也像這個世界，涼微有時，燙亦有之」，思之憮然。

潘家欣〈月光白〉則獻與以《辛酸六十年》細說生平的政治受難者、前輩作家鐘逸人。「有一隻野禽，細細呼喊／更多羽翼襲來／喚來的月色都承載／織造的可能性……」

毛玉配慮的〈躲貓貓〉是一首預寫的，未來的悼詞，「從我們跟你第一次相遇那一刻起／我們就在未來等待跟你告別」，「這就是我注定要在未來／再也不會有你出沒的空屋裡／為你寫的一首悼詩／但這首詩不會有你／但這首詩每一個字／都是你和愛的同義詞」，這是每一位貓奴都須注射的心理疫苗，副作用強大，後遺症漫長……

活在一個比喻的世界

輯名「活在一個比喻的世界」來自范家駿的詩。從無法過冬的事物圍著即將結冰的湖面，明信片、行李箱、平交道……所有的隱喻，如雨落下，如鳥落在樹上，啊，一直都是這樣：悲傷總會有自己的節奏。

關於謝旭昇〈雨天的定義〉，我一無所知。關於無限可能的未來上方，關於未來，雨天所重複述說的不可重複之事，我一無所知。但我仍反覆唸誦：雨天，我一無所知／經過的烏雲不停被屋角割破，有東西／掉落，沒有東西留下……彷彿唸咒。

讓我莞爾一笑的詩是文壇消息的〈徵文辦法〉。風也可以參加的徵文，雨也可以寫的現代詩，雲多得是「臺北經驗」。我也想得首獎，獎賞是可以好好聽風吹樹，收集嶄新的落葉。

張瀚翔〈儀式的動物〉，我可以讀成一則失戀史嗎？關鍵字是「門」與「牆」。曾經在城口敲門、跳舞、發傳單，在營火裡撒下換季的羽毛。「你」為我披上萬物的名字，比如大卷尾，那離群的鳥，最後垂直下墜（有些門一闔上就變成了牆）。又或者，「你」是更高階的存在，是火，是光，而人，人只是祈雨的動物……有些門一闔上就變成了牆！

陳怡芬〈幻聽〉者的徵象描述，聽見一隻獨角獸在夜裡，鑽入逼仄的耳道，探穿地心最黏稠的夢境。詩人走在聽覺的獵場，被諸多荒野而文明的聲響圍捕，渴望安靜。

讀崔舜華的〈譫妄歌〉，你將撞見一時代的瘋狂。一把刀，沿著那尖銳剖開無家者的胸膛，無路可去，無法可想，無愛可循，無血可殤……沒有心的人啊如今你認識嗎——

有時我們也像鹿鳴的〈抹醬〉，取悅每一個愛過的人，卻受困於一只密封的玻璃罐，感覺自己正一點一點被消耗，成爲被掏空的容器。即便有一天蓋子沒有旋緊，你仍躲在罐子裡不肯出來。

楊佳嫻的〈造人〉是回應ＡＩ時代嗎？午餐、推薦信、想像的沙灘，屏蔽想屏蔽的，看想要看的，不再擔心噩夢，這世界已不需要任何討人厭的先知。自己就是先知，啊，誰，是誰的先知？

把李蘋芬的〈熱天小事〉當成筆記小說，夏日的這一隻鬼，想起熱帶，想起曾有人執意往他的心間探勘，掌心喚起一樁流年的寓言……鬼坐下來，看大廈的冷氣漏水，熱天讓人都慵懶。

詩是一個比喻的世界，抹醬、ＡＩ、夏日的鬼，都是我們這時代的詩。

詩是一個比喻的世界。陳柏煜對世事的比喻〈瀑布〉般傾瀉而下。他不告訴你瀑布到底是什麼樣子。坐上遊樂園的水道飛車，是緊抓握桿還是高舉雙手？在桌面的水成爲漬的前一刻，一切皆有可能。

假如你跟隨蘇紹連〈車在一個小城鎮迴繞〉，請忍住悲傷，靜靜巡視街道上的人，天上的雲，茫然的士兵，跟隨他繼續尋找，迴繞復迴繞，「是的，我不能對一個人的未來失約」，你無須問詩人：你找的是誰？如果你知道了，也無須說出口。

詩人的沉思，有人遊走生命的遊樂園，有人在記憶與想像的城鎮迴繞，而羅智成，預先書寫了「下一本詩集」。

「我渴望書寫的當下／目擊下本書的發生／目擊文字尚未知曉的預言／先於作者的意圖現身」，「預言」是帶著法力的宣示，「下一本詩集」卻是弔詭的修辭，充滿劇場氛圍的《預言又止》，延續詩人對文明、閱讀與人性的思索，這樣的展演令人驚奇，這樣的預言卻又令人沉重，悲傷：

千噚深的海底
漆黑的大氣壓力
正要擠兌出
一艘沉船最終的告白
我猶憋住最後一口氣
用文字的聲吶去定位
一隻螢光水母的囈語
我終能清醒地潛入
最黏稠的語言底層
從容進出自己
和別人的夢境
去竊取最初的
真相與謊言

輯一　我想和你虛渡此生

我想和你虛渡此生

陳克華

我想和你虛渡這一生
可以嗎？一生可以很長很透明
也可能陷入膠著而纏繞
我們可能完成不了什麼
但可以選擇
不完成什麼——
不喝完眼前這杯夕陽浸泡過的酒
不聊完持續終夜的話題
不凝固一次含情脈脈的對望
不給出任何含著句號的句子——
我是山嵐你是晨霧
我們不著痕跡地重疊之處

再微弱的陽光
也能輕易穿透

8月22日，《聯合報》副刊

陳克華

1961年生於臺灣花蓮，祖籍山東省汶上縣。臺北醫學大學醫學系畢業，美國哈佛醫學院博士後研究員。日本醫科齒科大學眼科交換學者。大學時代曾參與「北極星詩社」，並任《現代詩》復刊主編。現任榮總眼角膜科主任。陽明大學、輔仁大學，臺北醫學大學兼任副教授。曾獲中國時報新詩獎、聯合報文學獎詩獎、全國學生文學獎、金鼎獎最佳歌詞獎、中國時報青年百傑獎、陽光詩獎、中國新詩學會「年度傑出詩人獎」、文薈獎，臺灣年度詩人獎等獎項。文字出版有詩集，小說集，散文集，劇本，影評等超過五十冊，有聲出版則有《凝視——陳克華詩歌吟唱專輯》和《日出》。（巨禮文化出版）。近年更從事視覺藝術創作，舉辦多次個人展覽並屢屢獲獎，詩集翻譯成多國語言出版。

世界上最適合愛情的人

沈眠

其一：最美的時光

那麼多愛情，純純淨淨
收藏在妳無與倫比
身體裡。我一摸便溢出
每根骨頭，都濕潤得不像話
都飽含往昔與未來。潮汐的總和

然後我便要睡在妳的水上了
晃晃蕩蕩，一輩子的時光
聽著妳心中紛紅駭綠。音樂一樣的璀璨

妳一再拔起我的短刀
正面、柔軟且深刻地，刺中我的命運
開啓多種色彩。甜得滲蜜的傷口

而相遇即爲降生，妳動用我眼中
一切的能源。重新創作我的
骨骸、血肉與肌膚，敏銳的心智
使我相信：世界値得再活無以數遍
我是妳的五色石。而妳從來
就是我的補天

不止是一種相許，這是
千萬種相許。這是思慕的最龐然
宇宙洪荒。於是我們
便穿過破綻，抵達所有情慾的
故事，撞擊成雨勢與廣袤的天際
無邊無邊的擁抱。並繼續
堅決湧出那麼、那麼多愛情

其二：癡迷，沒有盡頭

我成爲妳的影子，心甘情願。
在各種材質的表面上，
時而粗曠，時而光滑，時而堅硬，時而柔軟。
隨著沐浴在光亮下的妳變化，
著魔地醒來或睡著。
每天都渴望妳深邃的洞天，爲我指出明亮最大面積。
以影子下載奇妙法術，我鑽入妳多情的暗中，
探究生命的完整性。
我樂於活在妳的腳下，以踐踏的型態，
承接妳所有情緒的底部。
請妳如同上帝，讓我緊緊貼在地面，
與地心引力吻合。
愛這個字是不夠的，完全不夠我們使用，
不夠我們追逐在神聖的時間。
妳也必定是太空，讓我星際探險，
研發更多發人深省的特技。

譬如吻會膨脹，我們驕傲的愛也是，可以一路膨脹成星系。
翻滾吧，我們翻滾著，翻滾成浩瀚無邊。
在每一種絕無的時刻裡，完成僅有我們指認的盛宴，
而孤獨不再是生命的重點。
我喜歡妳侵占我的心靈，不留餘地，
我已經居住在妳的巢穴裡。
天氣無與倫比，潮濕、柔軟且神祕，
我立志對永恆上傳妳的雨季，
妳是我滂沱大雨時的，全部的音樂。
眞愛難免變態，但變態不是眞愛。
我願意擔任無限期的癡漢，對妳始終懷抱最高流量的色情，
無限制開啓靈魂，任妳讀取，沒有止境。

其三：以平庸的姿態，相愛

日常作爲磨損，一點一滴
磨損手指與聽聞，磨損萎縮的
觸覺疲憊，破爛的語詞

也磨損眼底布置多年的閃電
漸漸老了，愈來愈覺得老的不能
阻止。年輕的雨勢不再簡單
它在胸膛裡，閱讀複雜
擠壓密密麻麻時間的
紋路發現住居的，神也老了

心的皺紋漸起，像淋濕的鳥
掛在故事的中途，忽然被彎曲起伏的線譜
逮住。眼中的劍越發鈍重
黑暗幾乎是史詩，幾乎是一切的停頓
垂降幾乎是我。而妳抓緊那些遺落的時光
舉起一種獨特的，火的溫柔
燃亮被陰翳包圍的顏色，將醒未醒的
煙花。妳是我唯一的命運
把所有的音樂帶來，響徹慈悲的旋律
命我回返。此時此地從來無所遁逃

愛情與我們同棲，人生沒有魔法
閃亮不過是片段快速
絢爛通過。長此以往都將是平庸
都是我們的軟弱，忍受一寸寸綻裂
擁抱的盡頭。慢慢完全沉浸在
普通生活。我們

其四：愛成為心靈史

謝謝妳完成，我正在愛起來豐盛的自己
謝謝生活是艱難，而艱難是
我們甜蜜更多的可能；成為妻子的妳
沒有婚宴，抵抗華麗的表面，最素樸的妳
座落我的裡面；成為母親的妳
負擔九個月的質量，歷經破腹手術的凶險
傷疤演化為神祕，溶解女兒的啼哭；
成為靈覺的妳，移形換影且如露如電
深入我的所有文字裡，流露美學的速度

不被拘禁；成爲日常的妳
賜給我各種情感，如不可思議的天氣
無論是豔陽，抑或綿密雨勢；成爲法則的妳
分分秒秒圈畫著，無數金黃色的線條
湧向我心中，長滿觸覺的愛；
成爲世界的妳，比所有可見的更豐饒
孤獨的情節已經邈遠，現在
我們是萬物的完整；成爲時間的妳
推動龐大深刻且生動的編年史
捲起明亮的藝術，充滿我

第四十四屆時報文學獎新詩首獎

沈眠

1976年生，著有詩集《文學裡沒有神》和短篇小說集《詩集》、詩歌寫作計畫《武俠小說》。獲多種藝文補助、文學獎及詩選。詩作、書評與人物專訪，常見於副刊雜誌媒體。

近況——

每天都是充滿意義的重複。最好的重複。每天多愛夢媧一點，試著多認識她日復一日所累積的變化。每天看顧女兒禪還有貓子魔兒與神跩，持續練習溫柔的最大值。每天盡力於各種文字工作中找到自身的趣味。每天在各種生活的夾縫裡，維持對文學的堅持與熱情，在痛苦中煎熬，享受有限狀態下寫作所能抵達的極致愉悅。每天都是自己、他人與世界奧妙難擋的交會。

隧道

洪萬達

最近過得好嗎，撥了電話給你
語音信箱。想是我的號碼已經
送往手機記憶體的垃圾桶，別人捎來訊息
說：「他不想再看見你。」語氣甚是悲哀
是啊，我也不想。只是
又有什麼差別呢？我們給彼此的心裡都留了位置
眼睛閉上就會顯影：走過車站的天橋
來到遺世獨立的小鎮，年近八十的婆婆
問我們：「買肉泥嗎？」她瞇瞇眼
沒看見牽著的手鬆開，向她搖手
說謝謝。我們繼續往前走
途中，遇見各式各樣的野貓

有虎斑，有三花
有橘，有白，有黑。
我沒有對牠們動心，但是我一直記著婆婆賣的肉泥
很想在這裡留下些什麼。
那時候是四月，群山以低溫環抱著我們
憐憫的心情愈發強烈——
一隻孤獨的賓士貓，趴在老舊的屋簷
我回頭跟婆婆買了肉泥
幫牠取了名字：湯姆，小笨貓
縱然我一片眞心，可你不會知道。
我伸出的手，究竟是不是甜美的食物
每一次試探，都是生死搏鬥——
我小心翼翼地把牠抱起
走，我們前往沒有其他遊客的地方
這趟旅程的最終目的地：容納黑暗的
巨大的隧道，彷彿世界與我們隔絕
你舉起手，輕輕比劃著
「這裡是山，稍稍往下看是

送往三貂嶺的基隆河，再往上
再往上越過了這裡，只有我們可以聽到海
拍打著無數的水波，順流而下
帶來幸福的回聲。」……天啊，湯姆
你聽見了嗎，這無人可訴說的心情，隱身於
短暫失明裡的饋贈：聲音。肌膚。一個吻。
我們與湯姆。我們與我們的貓。
這美好的當刻。
請容許我，現在睜開我的雙眼
把我們留在巨大的隧道。

12月5日，《自由時報》副刊

洪萬達

西元1997年生，國立中正大學中國文學系畢業。曾獲第六屆周夢蝶詩獎首獎，第二十四屆臺北文學獎現代詩組首獎。著有《一袋米要扛幾樓》（時報，2023）、《梅比斯》（自費，2018）。

近況——一切靜好，有很多事情變得比寫詩更重要，例如把生活過得好。借一句朋友向我說：願詩神庇護我。

菊心

路寒袖

我花之苞
猶如緊握之手指，不敢
宣揚的情事
是秋日肅殺的利刃，切開
拳拳之心
明知蜷曲的花瓣
無力承受季節的謠言
然而，離散就是我的本質

掉落滿地，一片一片
盡是我不捨人世的魂魄
你會凝神的撿拾，而後

以骨以骸為薪燃火
烹煮一壺深情之水嗎？

一片一片，置我入沸
我情翻騰，翻騰不出
魂飛魄散，唯留淚滴
那澄黃的甘美微香
在你杯中，入你肺葉
於是，我心你知

6月2日，《自由時報》副刊

路寒袖

在報紙副刊服務二十年，亦擔任過高雄市與臺中市的文化局長。詩作被譜成流行、藝術、歌劇、歌舞劇、選舉、廣告、校歌……等各類歌曲逾百首，辦過數場個人攝影展，著有詩集、散文集、攝影詩文集、繪本等二十餘部，甫出版情詩集《在門口罰站的天使》。曾獲流行音樂金曲獎、金鼎獎、賴和文學獎、年度詩獎、臺中市文學貢獻獎、傳統藝術金曲獎等。

近況——

持續創作是一個作家永遠無法逃避的天職。

愼重

楊澄靜

如果我不說
就沒有人知道
但生活中有太多時候想說話
身邊卻一個人也沒有

我有什麼
時日無多
感覺自己像霧氣一樣
漸漸朦朧
直到有人在裡頭寫
薄薄的寫著

銳利的字
字跡很淡
很快就被抹去
就像我

但眞的有人寫過
因爲這個
我拿深夜去複寫還原
派星星核對所有潦草的筆跡
直到睡著

封鎖的記憶再現
隕石被擊回太空
那時你曾
寫下你的名字說很高興
很高興認識過我

《聯合文學》三月號

楊瀅靜

東華大學中文所博士，曾獲聯合報文學獎、林榮三文學獎、時報文學獎等，出版過詩集《對號入座》（2011）、《很愛但不能》（2017）、《擲地有傷》（2019）、《白晝之花》（2023），短篇小說集《沙漏之家》（2021）。

近況——

教書、寫詩、寫小說。

背面

林瑞麟

你在穿衣鏡前騰空衣物
我簽收你的背影
擱置濕了的月光、矜持、購物袋

雨濺起雨
虧欠似的在你頸後
暈開一起青紫的胎印

我把時間弄擰了
他們墮落成分分秒秒
然後介於追逐與逃離之間

你忽然垂宕下來的髮一絲絲神祕
精緻，存在於語言之外
有幾滴水晶球似的暗喻

我已經失去挑詞揀句的從容
更遑論賜一枚乾燥的吻
封緘一個流質的夜晚

我想起愛我的那個人已經
盡了孤獨的本分安靜入睡
在這像粥一樣的夏天

《乾坤》詩刊，第108期

林瑞麟

住臺北。苟且的正職良民。圈外人。曾獲得鍾肇政文學獎等幾種。詩作曾入選《2022臺灣詩選》。著有詩集《我們被孤獨起底》、極短篇小說集《寂寞穿著花洋裝》。

近況——

近來無恙，以勞作維生，書寫抗老，繼續，琢磨生與活的根據，愛未來的自己。

生日童話

廖偉棠

在你生日那晚我替你摘白髮
隨手扔落地毯，十根，二十根
現在都找不見了
彷彿融入這地毯的編織
冰風暴的紋樣
然後我躺在你那晚躺的沙發上
等待一聲啼哭從房間傳出
像爸爸等待
將要開始的護衛

在十年前的一晚我夢見和你
在異國一個階梯之城溯河而下

夜很深然而運河兩旁張燈結綵
所有的店鋪都不打烊
所有的行人向我們致意：
我彷彿變成了一隻鶴
隨行在你身後
然後雪從運河另一端下起
冰逆流而上，和我們相遇

冰雪女王在打量，該從歲月中
帶走誰？從雨的鎖鏈中
解放愛，還是愛侶？
對不起，我的鳥眼只能看到遠方
略過了近處的悲——
誰用遍地的花瓣砌出夏天的咒語？
那是在斯皮羅，我缺席的那天
你帶著 Holga 相機獨自去會見
你蹲下，拍攝了黑夜的爪印

4月6日，《聯合報》副刊

廖偉棠

詩人、作家、攝影家，曾獲香港青年文學獎、香港中文文學獎、臺灣中國時報文學獎、聯合報文學獎及香港文學雙年獎等。曾出版詩集《八尺雪意》、《半簿鬼語》、《春盞》、《櫻桃與金剛》、《一切閃耀都不會熄滅》、《劫後書》等十餘種，散文集《衣錦夜行》、《有情枝》、《有托邦索隱》，小說集《十八條小巷的戰爭遊戲》，評論集「異托邦指南」系列，攝影集《孤獨的中國》、《巴黎無題劇照》、《尋找倉央嘉措》、《微暗行星》等。

近況——

短篇小說集即將出版，長篇小說寫作中。

母字

羅毓嘉

母親的筆跡如柳枝，拂過
橋下每一筆清緩的水的分岔——
有時她像陣狂風
或許是狂風帶起了她的憂愁：
順水而下的孩子們啊，抵達遠方了沒有
而靠山一些的孩子們，究竟是遲了吧

母親寫字。貼滿了冰箱門
大門，小小的布告欄，有時只是叨念
烹飪的小技巧別燒焦了鍋子
饅頭發酵的時間，如何發出最爲
香甜鬆彈的麵糰都讓我們快樂

讓我們快樂
讓我們飽足而歡笑

而有時她忘記了時間，忘記
三十幾年過去，也或許是四十多年了
水岸已不再有什麼垂柳
時間過得愈快，而鄉下的河堤
已給整治得更爲齊整了——我們
哪一個不是按照順流之河
擁有自己的名字
擁有了速度，便不再聽，不再聽了

但母親還是寫著，寫著
即使不是柳枝
她某一天把自己寫成了巨碩的榕樹
樹冠，錯結的盤根，氣根的飄搖
都是包覆都是關於
一個母親試圖給予的

烈陽在外，冷雨在心，母親寫著
家這個字——裡頭總是你們這幾隻小豬崽子
開著燈寫著等著亮著螢光石頭般的
回家的路總是在這裡
母親這麼寫著

5月9日，《自由時報》副刊

羅毓嘉

1985年生。宜蘭人。政治大學新聞系、臺灣大學新聞研究所碩士。出版有詩集《嬰兒涉過淺塘》等五種，散文集《阿姨們》等四種。

近況——

在資本市場討生活。臺灣人權促進會副會長。性別、人權運動倡議者。新詩集規畫2024年下半年上市。

我想為你代言

葉莎

此刻，深秋面壁屈膝
你以薄被蓋住眼臉
被半扇窗遮蔽的風景
僅露出一截斷牆和矮喬木的孤單

我想爲你代言
在多風季節，像一扇窗子砰砰說話
陳述鍾愛的老牛和大片水田
那個豪邁的夏季
你揮汗如雨，時光朗朗

我想爲你代言

如窗邊糾纏的藤蔓幽幽說話
低聲提起櫥櫃裡的一張照片
你離世的妻子，歷久
彌新，想忘記那水塘般的眼睛
卻教人一顆心飄滿浮萍

你輕咳幾聲
挪動一下佝僂的身子
啞著嗓子說
晚上一直頻尿，睡不好
常便祕，關節也不聽話，唉
唉，人老了就像山崩壞

父親，我以爲我能爲你代言
說出一些些你的雙眼聽見
說出一些些你雙耳看見
並仔細描述你所夢見死神的權杖

唉，人老了就像山崩壞
我站在山邊，竟感覺礫石滿懷

1月4日，《聯合報》副刊

葉莎

瑞士歐洲大學碩士，前乾坤詩刊總編輯。曾獲桐花文學獎，臺灣詩學小詩獎，DCC杯全球華文詩歌大獎賽優秀獎，2018詩歌界圓桌獎。出版《伐夢》、《人間》、《葉莎截句》、《幻所幻截句》、《陌鹿相逢》、《七月》，《時空留痕》。

近況——現任中華日報專欄作家，FM93.5新客家廣播電臺節目主持人。

按按兩帖——女兒周歲記

一靈

I

這時女兒愛用那足歲的指頭
試深淺探溫涼像蝸牛觸角
像小樂迷點播世界
我好奇她聽到什麼
學她壓按那些凸起時我心微微沉吟
像是按桌子椅子或是樹
有些木頭透過指頭
進到我裡頭
又像按鈕時我通電
像個機器在運作

我曾試著按住眼前的一顆星星
好像閉上一隻眼睛
半個夜空就在我體內
亮起來

II

小小女兒按我大肚腩
我竟似移魂有感
太太臨盆前那肚皮像鼓緊繃
咚咚她自裡面踹幾腳
像用力按鈕呢
小小女兒又按我的胸口
我以爲自己開始泌乳
母親的感覺是這樣嗎我這人夫
心臟也有了雙份的跳動
正感覺女人好難
她又按我的鼻頭

有道問題隱隱作刺
「你是誰？」

11月13日，《聯合報》副刊

一靈

喜歡散步。南部北上東移，臺南、臺中、臺北、宜蘭。體制內外任教二十幾年，高中教到小學。北市自主學習實驗計畫、和平中學與慈心華德福是關鍵字。學子惠我良多，協力特殊學習風格孩子自主學習經營語文課，因此有《成語一千零一夜》系列；華德福學校有各種探索，正在反芻。因同事羅葉之逝與李榮春加入歪仔歪詩社，偶為主編，著有詩集《臨界風光》。亦為漸老的樂迷與略有心得的文案，鳴石音樂「新臺灣國民樂」文字皆是心血。仍習練空手道，於蘭陽平原推廣盡力。

近況——

年近半百為父，女兒的活力哭喊是古典樂女高音和新世紀搖滾女神的完美結合。抱著她，與友人 Kiki 完成繪本《小貓散步》。現正二度育嬰留停，領太座與國藝會創作補助，〈按按兩帖〉為《育嬰留停學詩記》之寫作成果，人生重新定位的這段時間我對寫作也有真實的承諾，特別感謝聯副的鼓勵。

你來

然靈

你來
有時送鼠
有時送蟾蜍
你一無所有
仍堅持布施

我慚愧
身而爲人
斤斤計較
想要索愛
還想要更多
求之而不得的

夢幻泡影

你來
剪去了利爪
有時是海
有時是一滴
我流下的淚
深怕將我的傷
抓得更深
於是你舔腳吃自己
津津有味的樣子

你來
嗅聞過的花都暈紅
名喚日日春
斂聚一生的愛

2月23日，《聯合報》副刊

然靈

生於雨城基隆，現定居臺中。愛詩、塗鴉、攝影、自助旅行。曾獲自由時報林榮三新詩獎、時報人間新人獎、吳濁流文藝獎、教育部文藝創作獎等等。著有散文詩集《解散練習》，詩集《鳥可以證明我很鳥》。

近況——

照顧著一群整天喵喵待哺的浪浪，愛貓甚於愛人。現為靜宜大學兼任教師、作文老師、插畫工作者等等。

輯二　任何悲傷都值得溫柔一提

回憶

李進文

你察看人間天色，
讀空氣，
比讀空虛清新。
你很輕、很淡，
流雲則慢慢，
都跟秋天有關。

岩石與時間結黨，
暗中推舉燦爛，
你卻悲傷。你說：
「任何悲傷，
都值得溫柔一提。」

每當你
走回去看自己，
一副萬馬奔騰的神氣；
回來時，
卻是孤煙的樣子。
孤煙直白
退至遠方；
你是勞方，抓住
下墜的世界不放。

10月5日，《中國時報》人間副刊

李進文

一九六五年生，臺灣高雄人，曾任遠足文化、臺灣商務印書館及聯合文學出版社總編輯，明日工作室副總經理，媒體記者等。著有《奔蜂志》、《野想到》、《微意思》、《更悲觀更要》、《靜到突然》、《一枚西班牙錢幣的自助旅行》等多部詩集和散文集，另有跨域著作美術詩集《詩與藝的邂逅》、動畫童詩繪本《字然課》等。曾獲林榮三文學獎、聯合報文學獎、時報文學獎、臺北文學獎、吳濁流文學獎、文化部數位金鼎獎等。

近況——

工作、書寫、繪畫、重訓、偶爾旅行，儘量維持感受世界的能力。

自拍流出

湖南蟲

我看著曾經的自拍流出
驚覺，曾經是那樣明亮啊
從日出到日落之間，每一次睜開眼睛
烈陽就巴上眼球
天空藍得夠浮出月光的時刻
曾經是那樣積極想要和月球對話，問它：
也想過不再打轉嗎？
正面露出，剝開身體似的給誰看嗎？

曾經是，如果雪降下來在我們的額頭就滾燙成霧
曾經是啤酒的香菸的深夜的祕密的
一個吻不夠結束約會而性愛中絕對變成無神論者的

信徒；曾經，還不擅動用曾經的曾經
我反轉鏡頭微笑自拍
如今還記得彼時穿著白襯衫
乾乾淨淨簡直像一張信紙
輕易為誰摺成紙飛機就朝窗外射出去

曾經著迷於抒情
一天到晚拍攝天空好像裡面有全部的人生體會
拍攝雲當成日記假裝它獨一無二
曾經，以為騷動的總會結晶
泉湧的則必使它溫泉
每次你身體離開時，都帶走一部分的熱
也沒關係
就讓我奉獻火山裡全部的活
成為死山，被樹釘死在某個位置
奉獻海岸線裡全部的曲折
成為一直線；奉獻海平面下層層疊疊全部的裡面
曾經。現在都是空的了

一條下坡的路，通往的遠方是否只能是地底？
最快的廢屋重建，是放一把火
燒掉對吧？曾經易燃，如今是炭
是灰。是寫過的情書被公諸於世那樣赤裸
是愛過的人被其他人愛著那樣赤裸
是我已不再是我
卻又是那樣眞實的我
素顏葷體，小草的順服野獸的吼
人的愛
現在都是空的了，現在沒有了不在場證明
確確實實被輾壓過
成爲平面

看著曾經的自拍流出
有點恍惚
從一個夜到另一個夜之間，每一次睜開眼睛
黑暗就巴上眼球
閉眼後浮出熟悉的臉

那是誰？曾經也是那樣明亮啊
和我窩在同一側
看著紙飛機遠遠地遠遠地
飛走了
曾經，我們看著鏡頭，一起笑了出來

第十九屆林榮三文學獎新詩首獎

湖南蟲　一九八一年生，臺北人。曾出版散文集《昨天是世界末日》、《小朋友》與詩集《一起移動》、《最靠近黑洞的星星》。經營個人新聞臺「頹廢的下午」。

近況——　現任職於媒體。

在微小裡

嚴忠政

不知道快樂具體是怎麼快樂的
昆蟲不讀法律
可能喜歡橫衝直撞的顏色
可能花開就叫醒了牠

幾片葉子掉下來的時候
我不知道會落在我的前面
還是後面
那時候突然有風也難說
或許是我動了；我不該忘記
一個人的時候是塵沙

被傘忘記的人，或單細胞
昨天的事都新陳代謝了
不會把鏡子看成壯闊
讀信、讀雲，獨立繁殖
多麼曲折呀；但拉長時間
就是一條直線
沒有遲到

不知道發生了什麼
妳沒有到

7月13日，《聯合報》副刊

嚴忠政

1966年生於臺中市，逢甲大學文學博士。曾任教於逢甲大學中文系、靜宜大學臺文系、南華大學文學系。現任《創世紀詩雜誌》主編，並在海外多個機構教授新詩創作與文案寫作。獲有經濟部全新發明專利、國藝會創作補助。作品曾獲2002年、2003年「聯合報文學獎」，2004年、2007年「時報文學獎」，以及文建會「臺灣文學獎」。2022年以《時間畢竟》入圍「臺灣文學金典獎」。著有《黑鍵拍岸》、《前往故事的途中》、《玫瑰的破綻》、《失敗者也愛——The Sea》、《年記1966：交換日常》、《時間畢竟》。

近況——

喜歡回到海邊，看語言形式在線狀延展的過程，不斷崩壞，與再生。

不分享的快樂遲早消逝

印卡

貓跳過了夜晚的棧橋
走過屋簷，疑似
搖晃著深夜孤獨的
人心，在深淺不一的天階
在錯失見面的連雲

心的蜃樓傾向漸稀的星斗
梳化後臺的長鏡子前
把莎詩又翻譯了一次
是否，我只能作爲舞臺上的不完美演員

想想，是否

磨蹭我們的鼻，不必然
要是雄辯

用眼睛聆聽，承認
我們都是枕頭離岸的浮標

自在於愛的速寫
往另一個人的時區，校正
算計著，鉋，輻射躍遷的原子時
如何是精準
調上身體的分針
好讓你就依在我手臂旁

5月25日，《自由時報》副刊

印卡　詩人，受邀過聯合國 UNESCO 文學之都等國外多個單位駐村作家，最近出版有作品《一座星系的幾何》。

近況——　重傷療養中。

斑鳩失蹤指南

楊小濱

不知多久沒有見到斑鳩了。
此前，牠總是在窗邊咯咯叫，
咳出各式各樣的晚霞、煙靄
和悲喜。我怕驚動牠，
躲在書架後觀察牠的表情，
不敢問晚上要去哪裡棲息。
隔著窗，我彷彿摸到牠
羽翅上的灰土，不是來自
遠古的洪荒，而是空中
旅行的禮品。我懷念
牠滴下的白色汙穢——
久久不散的氣味，飄在

何處的風聲裡？我想知道
斑鳩在遠方過得好嗎？

2月13日，《聯合報》副刊

楊小濱

耶魯大學博士，中央研究院文哲所研究員，政治大學臺文所教授。歷任密西西比大學、威尼斯大學、加州大學戴維斯校區、特里爾大學等教授、研究職務，《現代詩》、《現在詩》主編。曾獲現代詩社「第一本詩集獎」、Naji Naaman國際文學獎、胡適詩歌獎等。著有詩集《穿越陽光地帶》、《楊小濱詩×3》、《到海巢去》、《為女太陽乾杯》等，論著《否定的美學》、《中國後現代》、《欲望與絕爽》、《你想了解的侯孝賢、楊德昌、蔡明亮（但又沒敢問拉岡的）》等。

近況——

近年在臺北當代藝術館等處舉辦「後攝影主義：塗抹與蹤跡」、「後廢墟主義」、「假面舞會」等個展。

偷懶頌

鴻鴻

身為螞蟻
無須遭遇壓下的巨指
有時也會僅僅因為
心臟病而死

勞碌的一生中
牠可曾停下片刻
想到自己的心臟為何跳動
想到昨晚的夢
或想到一首音樂
想到有些故事
可以說給孩子聽

我忍不住想到
偷懶眞是人類的天才發明
要多懶才能一遍遍地聽
郭德堡變奏和玫瑰經奏鳴曲？
多懶才能分辨
金庸和紅樓的不同版本？
多懶才能窮畢生之力練習
掌控一臺樂器？
要多懶
才能爲夢中情人寫出一部神曲？

當然，人類的天才發明
還包括海底隧道、手機、核彈……

人如果再懶一點就好了
像蟋蟀只懂得歌唱
讓螞蟻在工作時
也有音樂可以欣賞

1月30日，《聯合報》副刊

鴻鴻

詩人，劇場及電影編導。曾獲吳三連獎。出版有詩集《跳浪》、《樂天島》等九種，散文《阿瓜日記——八〇年代文青記事》、《晒T恤》，評論《新世紀臺灣劇場》及小說、劇本等，主編有《衛生紙+》詩刊。現主持黑眼睛文化及黑眼睛跨劇團，並擔任臺北詩歌節、人權藝術生活節策展人。

近況——

2023年創作改編自黃靈芝小說的歌劇《天中殺》、米特動物樂園的親子音樂劇場《薩克歷險記》，2024年將編導薪傳歌仔戲團的《兩生花劫》。

很像，但不是

瞇

那朵花像
這朵花
但不是這朵花

今天的天像
昨天的天
但不是昨天的天

他很像你
但不是你

他很像愛你

但不是愛你

他像活著
但並不真的活著

我像是明白了
但不真的明白

很像
但不是

「錢堡很像姆姆，但不是姆姆。
卡卡很像在睡覺，但不是在睡覺。」

小孩與動物所分辨的
我們並不真能分辨

——給兩歲的小獅子

PS. 括號內的話，是兩歲的小獅子所說。

2023 臺北詩歌節

瞇

大學讀了七年，分別是工業產品設計系與新聞系。2005 年創作底片詩，與玩詩合作社一同擺攤，參與各項跨界詩活動。曾發表詩作於《衛生紙+》、《字花》、《自由副刊》。著有詩集《沒用的東西》。另以廖瞇為名，出版非虛構長篇《滌這個不正常的人》。

近況——

瞇是細細地看，慢慢地想。寫，不是為了越寫越好。

氣數喪盡歌

黃岡

打針，吃飯，睡覺
失眠。糖衣裹著毒藥

紅的是旖旎春色
魂魄出竅，遊園一場
驚夢三巡。墨綠色的鱷魚皮鞋
踢踏腦殼邊境的夢。透明的那顆
水晶球滑落喉頭，釋放
舌與喉久違的潤滑之色

遠方有中子電子
交擊成黑幕中的一道閃電

未成眠之人，披衣坐起
離開纏綿的睡榻
紫色的那顆暫時還咽不下去
一個惱人的謊言：嗜睡、食慾不振

我從子時一路數來。走膽經
在胃液與淋巴的沸騰裡
絨毛的推搡之下，膽氣
稍長

丑時走肝經。後青春時代
一條磨損得不能再老的老路
我走得崎嶇。還好路上有一株月桂冠
供我歇腳、編織花環

還未到訴衷腸的時候。寅時，肺經初顫
喉頭間一陣騷動，把人自夢境中抖落
敏感的聲帶如針氈，要刮花一張黑膠唱盤

肺葉的哮喘是一張破了洞的手風琴
（睡眠如裂帛在陡咳中應聲斷裂）

感覺到疲憊與餓。走過千山萬水
終於走進腸胃經。期間
壁虎數次試探我的睡意深淺
追逐，交尾。與腸壁蠕動唱雙簧

（秉燭人的破銅鑼敲得鏗鏘響
我就跌下那一桌二椅，散戲的夢）

漸漸地，我被拋出身體之外，意識如游絲
商禽廣播：頭手請勿伸出窗外
我像半截身子都露在車外喜迎清風的一隻狗
曦將夢將
白月洸洸

4月25日，《聯合報》副刊

黃岡

聖路易華盛頓大學東亞系與比較文學系博士候選人。著有詩集《是誰把部落切成兩半?》、合編《同在一個屋簷下:同志詩選》。第二本詩集《X也們》即將於2024年出版。曾獲林榮三文學獎、時報文學獎、葉紅女性詩獎,楊牧文學獎,並入圍臺灣文學獎,2015年文化部選送聖塔菲藝術學院駐村作家。

近況——

作者正在撰寫有關中港臺社會運動文學的博士論文與關於酷兒書寫的詩集,預計於2024年底出版。目前定居美國,聖路易市。

中年

阿布

童年的我與老去的我
共用
同一個身體

他們避不見面
卻持續在隱密的角落
留下簽名

經過磨練
與磨損的身體
（如一艘單桅帆船
　背光處攀附著時間的藤壺）

海風在曾發亮的金屬上
公平地留下鏽跡

此時升起了薄霧
在殘月和晨星之間
只剩我孤身一人

一日一日敗壞
一日一日輕盈
（畢竟那麼多裝備已拋入海裡）
月光永不缺席
一層一層
持續爲海面鍍銀

10月23日，《聯合報》副刊

阿布

國立東華大學華文所創作組碩士，著有詩集《此時此地 Here and Now》、《Jamais vu 似陌生感》、《Déjà vu 似曾相識》，散文集《萬物皆有裂縫》、《實習醫生的祕密手記》、《來自天堂的微光》。

近況——

2024 年可能會出國念書。持續為研究計畫、顧小孩與家計而煩惱著，不知道有沒有辦法再寫作，但中年男子還是得繼續努力就是了。

一生

辛金順

日子退去後有更多的日子靠近
生活的內核，時間
吃掉了許多光影，夢和晝夜

我把自己讀成了消逝，每一分
每一秒的重生
都是死亡的探問：「我在這裡
我不在這裡」

似乎有神的簽名，在一呼一吸
之上，如所有名字
都會走入黑暗，尋找寂靜的迴聲

我舉起石頭，測試
自己存在的重量，從清晨到黃昏
影子傾斜於每一次
虛擲的頭顱，回顧從前，風徐徐
吹散了塵埃

野馬奔馳於語言之間，氣息盛衰
說出了火的形狀：「亮
與暗淡，都是詞與詞在舌尖上的
歌唱」

我獨立如所有人的獨立
把蒼茫脫下，看來者來，去者去
在同一條道路
腳印有無
迤邐向前方一片無限的空闊

而一顆星星
點亮另一顆星星，繼續在夜裡
無聲的行走，無聲
閃爍
渺渺，等待睡入無人記起的寂寞

10月11日，《聯合報》副刊

辛金順

國立中正大學中文所博士。曾任教於國立中正大學、南華大學和馬來西亞拉曼大學中文系。曾獲周夢蝶詩獎、時報文學獎詩獎、徐志摩詩獎、新加坡方修文學獎詩獎、臺北文學獎詩獎、高雄文學獎詩獎、臺中文學獎、馬來西亞海鷗文學獎詩獎、花蹤文學獎詩獎、海華著作獎詩獎首獎等。著有《國語》等十五本詩集；《家國之幻》等七本散文集和《中國現代小說的國族書寫：以身體隱喻為觀察核心》等四本學術專書與論著。

近況——

風雨入詩囊，閒情任夢長。
略知莊叟語，人海一身藏。

死亡

楊智傑

你的瘋狗浪、你的大裂谷
你輕柔的晚風、你搖晃的鬼針草

你肥胖的百足蟲
你窄小的木盒
你內心深處的巨廈，你片片剝落的金箔

你的無所謂、你的依舊是
你最後一次偷聽
你，蹲下來，跳進去

你不斷發生的餘震，不斷

變黑的肉體
你砸爛的第一盞街燈
棄養的
第一只貓咪
你的不得不
你的愛
你的救兵

2023 臺北詩歌節

楊智傑

1985 年生於臺北，畢業於清華大學。曾獲林榮三文學獎、優秀青年詩人獎、國藝會創作及出版補助等。有詩集《深深》、《小寧》、《野狗與青空》。詩集《小寧》入選文訊 1970 後臺灣作家作品評選 20 年 20 本詩集，並獲邀任德國柏林文學協會駐會作家。以詩集《第一事物》獲得第九屆楊牧詩獎。

近況——

繼續彈奏。

一世之傷

唐捐

我渴望擁有一年幽靜的時光
看草葉在蟲鳴裡萌發
且變黃。字在篋中慢慢繁殖
我的沉思不被人事打斷
在童年的木桌前，寫出最後
的書。啊，我因此必須
收拾包袱，暫別愛我的學子
回到濱湖的山村
品味豐隆的一世之傷
看黑鳶掠過水面，擢起
肥魚二三，張翼凌日盤旋
啊，那時我將沿著湖，細數

白樺上的蟬蛻，懷想長長
的一生，走出盆地以後
都幹過什麼正經，或不正經
的事。嗯，世界是一座
圖書館，我是熱心的借閱者
在華美的秋光裡，假如我
擁有騷動的湖，閒靜和健康
我將還給世界十九本書——
啊，這是我的，最後的渴望

《K書》特別冊

唐捐

本名劉正忠，臺大文學博士。現為臺大中文系主任、華教碩士學程主任。著有論述《王荊公金陵詩研究》、《現代漢詩的魔怪書寫》，散文集《世界病時我亦病》等兩種，詩集《金臂勾》等七種，另有日譯詩集一種。近作《噢，柯南》獲 Open Book 年度好書獎，並入圍臺北國際書展非小說獎。

近況——

做詩常學潑猴，驗車每賴黃牛，且招五小朋友，裝做舉世無仇。

輯三　炊煙是昇華的樹

白瓷之路

柴柏松

就坐下來喝茶吧。
空間裡擁擠著安詳與靜默，
光的幻影，斜斜穿過市景
打在我臉上。

那時你們摩挲銅鈸，
一邊說話，一邊敲響
顫音，重現我失去的現實——
那是瓷器般光潔的下午，

有一種不懂的語言傳入我胸腔，
杯形的心思裡斟滿了熱茶。

《幼獅文藝》三月號

柴柏松

著有詩集《許多無名無姓的角落》，主編文集《家和萬事屋：How To Build Bansu House》。曾獲教育部文藝創作獎、奇萊文學獎、後山文學獎；入選《2023 臺北詩歌節選：詩生萬物》、2020 愛爾蘭文學館之雙十臺灣選詩、年度《臺灣詩選》數次。

近況——

最近讀到最震動的書是《善行：透視善意背後的深層人性，我們如何成為更好的人？》。經濟學教授的著作，他以量化的「道德帳」，透析善行背後的代價與效益，也透過社會實驗列舉了人們對自己善舉的過高評分，以及利用善舉平衡掉「不經意小惡」的心理現象……看著看著，總覺得被提醒了。最近我也會在奇怪的時間醒來，聽一遍 John Coltrance 的 My Favorite Things，回想生活的細節，再繼續睡。

日暮之景

紀小樣

炊煙是昇華的樹
灰燼如何憶起自己的年輪

蜿蜒過山脊與河流的花斑錦蛇
可曾記取自己　褪色的繡衣
掛在苦楝、酸棗、甜根子、一品紅
烏檀、沉香或者曼陀羅的哪一杈臂彎

儘管斷柯處
年年都會長出新葉
我的心　偏要
被那陣歸巢的鳥鳴

暗暗啄傷
穿梭於難言
無言又欲言之間
怎麼說明都有遺漏
在全息圖與你的視網膜之間
炊煙蛇立起來
飛向了青天

5月10日，《聯合報》副刊

紀小樣

紀明宗，筆名紀小樣，1968年生，創作以現代詩為大宗，文學獎破百，小說一本、詩集十三；《我的天大本事》童詩集，預計2024年3～4月出版。

近況——

在雲林久安國小教授童詩，竟能讓還沒有學會ㄅ、ㄆ、ㄇ、ㄈ……拼音的孩子寫詩有模有樣；在南投弘明中學擔任文學講座老師，也能讓制式教育的孩子腦洞大開……。天命之年仍在疑惑該不該寫詩寫到宇宙洪荒。

小徑

任明信

美妙的人走來
用懸垂的指尖
在沙上
靜靜點下戒疤

眞的有擁抱
不能解決的事嗎
他說

在最喜歡的時候海
謹守著白晝
默默返照

天空不需要的光

喜悅原來
也有它的重量
趁我入睡時
恣意地傷害床

夢是生活
甜蜜的影子
當我醒來

我希望你仍會記得小徑
小徑曲折
但盡頭無比美好

9月7日，《自由時報》副刊

任明信

十一月生，東華大學創作暨英美文學研究所畢。喜歡夢，冬天，遊戲，寫詩，節制地耽溺。著有詩集《你沒有更好的命運》、《光天化日》、《雪》，散文集《別人》。現為講師，自由文字工作者，催眠療癒師。

近況——

用隨時可能失去的感激看世界，享受每個有字和無字的時刻。

鋼琴

林達陽

在雷雨中
聽了一整夜的鋼琴
像空調開至最冷的電影院裡
一局棋覆盤一千次
一千隻白鴿起落飛行
荒野裡無盡翻找一顆平凡的卵石
找到它
找到觸覺
找到自己

2月6日，《自由時報》副刊

林達陽

屏東出生，高雄人。雄中畢業，輔大法律學士，國立東華大學藝術碩士（MFA）。曾獲聯合報文學獎、自由時報林榮三文學獎、時報文學獎、臺北文學獎等，以及國家文化藝術基金會、高雄市文化局等獎補助。曾任清大、東華等校駐校作家。現任出版社華文創作書系特約主編。高雄市立圖書館董事。作品入選九歌《華文文學百年選》、文訊「上升星座：1970後臺灣作家作品評選」、年度臺灣詩選、年度散文選等。主編《2021臺灣詩選——年度詩選四十週年》。主持擦亮花火文學計畫。

詩集《虛構的海》、《誤點的紙飛機》、《愛與孤獨的證明》。

散文《蜂蜜花火》、《青春瑣事之樹》、《慢情書》、《再說一個秘密》、《恆溫行李》。

Instagram：poemlin0511，FB：poemlin

近況——回看山和海，學著更珍惜。

玉荷包頌

焦桐

那是一條山路蜿蜒，
蜿蜒飛翔如風穿入
多種氣味的森林，轉個彎
又重逢你身體的暗香，
心型的香水瓶。仙女
從神話裡留下了彩帶——
檸檬綠，南瓜黃，蘋果紅的
低語，亞熱帶的雪膚，白潤
豐腴的肉體。轉個彎

青草曬在日頭下，
不能收拾的顫動。與葉隙

陽光相遇，褪下
紅黃綠相間的外衣，親吻
軟玉的肌膚，
棘尖而深的乳，半透明
凝脂的氣息挑逗
腦神經，弦線的溪流追求
香檳酒的瀑布，轉個彎

溪澗冥想撫著巨石青苔，群鳥
唱歌，我聽到蘇軾白居易韓偓
集體贊嘆，妃子的笑聲
果汁般潑灑，一陣
又一陣的波浪：愛上你
之後我早早就睡了，
希望每天到夢中重逢
又害怕眠夢中迷了路，瞳孔
比夢更遙遠地睜開。

10月2日，《自由時報》副刊

焦桐

1956年出生於高雄市，曾習戲劇和電影，編、導過話劇於臺北公演，已出版著作包括詩集《焦桐詩集：1980-1993》、《完全壯陽食譜》、《青春標本》，散文《在世界的邊緣》、《暴食江湖》、《味道福爾摩莎》、《蔬果歲時記》、《為小情人做早餐》、《慢食天下》等等三十餘種，編有年度飲食文選、年度詩選、年度小說選、年度散文選及各種主題文選五十餘種。曾任中央大學教授，退休後專事寫作。

近況——

2021年春天我申請提前退休，卸下教學工作，生活的步調忽然緩慢了，正好適合作詩。每天作力所能及的小事，讀書，寫作，宅在書房裡，像遵守嚴格的防疫規定。

十幾年來，一直有飲食散文的專欄，因著專欄的時間壓力，不免疏於詩創作。專欄結束後，渴望作詩。書寫的文類中，作詩於我，大概是最痛快的，一種藝術創作的淋漓感。

我愛吃水果，作了幾首歌頌水果的詩，算是寫給水果的情詩。

農村曲

張繼琳

1．樹上有鳥巢，就是樹的懷孕

我以芥子園畫譜
蓋房子

「茅屋兩間
夠住了」

夯土牆　釘柴門
務求相似——

但一時找不到

畫譜裡屋旁的老樹
「那種歷經滄桑
幾乎病死
卻還活著的姿勢……」

2・春天第一朵花，開在郊外

一直到今天
鴿群還在村子的天空飛
似乎少了幾隻
天空自然就會補上幾隻

我每天看
總覺得無論什麼時辰飛都不對
只有在日落時分
鴿子飛的最好看

3・我家，也有過喜事

爺爺叫我了
我經常不聽話

他緊跟著我
要我娶妻生子——
「若不願娶妻生子
好像會害了他」

爺爺隨口說的
都是人生大道理
都是　還被保存的
舊觀念

也是別人的爺爺　都曾說過的

4．罵不要臉的女人竟是女人

有人搭棚子
濃妝豔抹唱歌仔戲——
唱到我將那女的
一直誤當成男的

「在她們身上
故事好精采
有追有跑　有打有鬧」

光是哭戲　就足足
唱了半鐘頭——
唱得人群越聚越多

唱到女人最後紅顏薄命
遇人不淑……

5・你必須以美德，減輕痛苦……

你臉上有道疤
肯定流血過——
你是用哪種草藥止血的

這道疤
頗有用處
初見
都吸引他人的好奇——
「它讓你顯得
非常陽剛……」
關於這道疤的來歷你從不說
只說曾經利用它

當過短暫的流氓

6・你當過小偷，偷看過許多女人睡姿

小時候　玩捉迷藏
我沒供出你躲在哪裡

「他們只是走近洞口
往裡望　不敢進去……」

在鎮上　有張照片的海報
我認出那是被警方通緝的你

當警察來到村子
挨家挨戶問起你
我想說：還是你最了不起……
我們這麼偏遠的村子
所有人勞師動眾
竟只是爲了找你

7．蛇鼠一窩，那是豐收的記憶……

蟲子
面貌猙獰——
手腳都有刺

牙齒尖銳
不知啃噬過多少東西……

「留在我們皮膚的齒痕
是三角形的」

牠們　停下就吃
滿地
都是牠們的排泄物

蟲子好多
多到

即使相互殘殺
仍未減少數量

8．所剩不多的熟人也都變老了

老人的資格至少必須
當上爺爺

老人唱的歌
我們怎麼學
都學不會

老人會說歷史故事
有時莫名奇妙
將自己加進去——
「沒騙你　曾經我跟隨劉邦
打過天下……」

《聯合文學》七月號

張繼琳

文化大學美術系畢業。曾獲優秀青年詩人獎、聯合報、自由時報、中國時報文學獎等。自印詩集若干。現為國中教師。

近況——

自印詩集：「人間煙火」，籌備中……

na inuna'uwan di na kiyakarunan na maca

風景與工作的眼睛

馬翊航

（建和卑南語修訂協力　洪艷玉）

◆

na karesayasaya na naanadaman mu, kitulud mi diya da vekalan na zenga.

"mena'u diya kani zenga, di temarna'u a eman i nganguwayan di likudan, di tarana'uwi marekaiman na tarawiri di na tarawalran."

ulra a rinuma'enan i iyan? i tokay!
ma'au da ocya i imulri na vavayan, kiyaanger da sasenayan i wadilri na ma'inay,
venavalray da valrayan i valri na ma'inay, menana'u da tilibi i malri.
kana lataw i pacaran, mau a vitu'en, a vulan, a runev di na rinumae'nan kani rukup,
muduwaduk nadu, karuwa mi kalre'ayan mena'u.

kana wariwari diya, lramu mulralremes ta da malumanan na marekaiman.

“kemay i iyan u? kadu u i iyan?”

mapungapungaw di matikedir ku kana ’alrevan, mahuwahu di madiyadi na runev
kantu canguru’ ni mumu i makaicas

每一堂課，我們會得到一張新的圖畫。
「先看看圖畫裡面有什麼，並留意前後左右的關係。」
某一個城市家中，
祖母喝茶，弟弟聽音樂，哥哥寫作業，爸爸看電視
窗戶外面——星星月亮雲朵，天空的家人
它們聚集在一起，方便讓我們可以看見。
每一天，我們可能會失去一種舊的關係。
「你從哪裡來?你在哪裡?」
我站在門裡頭昏腦脹，雲停在祖母
頭上
搖擺

◆

mulavat kani dinanuman na Luyē, temalrima kani Lumin na kayakay
tu pauwanayan i Lumin, mau na maruniruni na viyaw.

marelinguc ku kemay kananku soci kana cuyui-E-leyuēn, miyup ku diya pidapida
na ka'ulidan na valray:
mucerah (mutaniyan kemay kana vuwa')
vurukaw (adi semangal datu daduwa na okiyaksan) (di na piniangeran?)

nu marecevucuvung na kirekamelri na eman diya i danum:
sapene' (na dadek) di talrunger (na dare')

"adi repidan, marahayay di marasadu nu kinadalramanan kana valray kaninku"
kema i malri,
nu patiyup mu, 'ilrepat di ace'alr, kemawan kana kemay 'uma muruma' na unan.

以鹿鳴橋跨越鹿野溪
鹿鳴的意思是鹿在鳴叫

我從手機連上族語E樂園，念出幾個我還不懂的字：
掉落（專指果實的掉落）
趕走（不受歡迎的客人）（或者念頭？）
當水相遇的東西不同：
身體的濕與地上的濕
「很快你認得的字就會比我多了。」
父親說，
他吹起口哨，順暢地像一條從田裡返家的小蛇。

◆

pukaduwa na zenga: "a eman nanu kinisaharan na palalisiyan i dekalr?"
di marekamelrimelri tu vinakalan da saseveran na 'apuc kana wari diya
di tu pukasayaw semalem kana saya na valray
na sa'ad di na vira' marekacakacas
mutusaya a kawikawiyan

第二張圖：「你最喜歡部落的哪個祭典？」

它們其實是不同時間開花的植物
於一張紙被種植在一起
枝與葉交疊又交疊
溶解成一片林

◆

uri auwa pa'alrupa amau matiyatiya'
uri yawa piya dawilr amau matiyatiya'
uri pakaetim amau matiyatiya'
na vulan tu pupadekaw datu suwan kana unan amau matiyatiya'
alra tu paverasay datu kiniverasan na kiwmalran, semalra matiyatiya'

預備去打獵是因爲作夢
遠行是因爲作夢
成親是因爲作夢
月亮把狗背到蛇的背上是因爲作夢
作夢是因爲把得到的問題又借了出去

◆

kuwadu menadanadam na waluleman valray, muravak
na lrengaw di na muliyuliyus
na apuy di na rimnang
na sa'ad di na sa'asa'ad
na puule'ule' di na patedelr

mareveliyaliyas kemay kanani na valray, kemawan
nu piya misa'ur kemay 'uma, lremekec sadu na 'apiyar di na 'uled.

理應掌握的八百字，包括
聲音與旋轉
火與烈火
樹枝與分叉
流眼淚與正直
在這些字上反覆來回，像是
除草回來，身上會帶著許多種子與蟲子。

◆

pukaduwa kana derun piya menadam nanta ngai, nu muruma' i dekalr,
marayas kiwmaumalr kaningku na dinekalranan:
"a mari'ami, na kurelrang muruma' kanu i 'aliyu mu?"

vekalan na tinuvangan, iveray da malumana na zenga:
"kiyakarun i Tayhok intaw, nu vuceliya mu, uwaruma' mena'uwa kanmu."

(inku mu? mau mi-Tayhok ku, kemawan "mi-kavang"
di maraka-Tayhok, kemawan "maraka-'inava"
di mutu-Tayhok, kemawan "mutu-takulris na cau"
di kitu-Tayhok, kemawan "kitu-vangesar"?)

學習族語後第二個夏天，回到部落
族人常問我：
「去年跟你來的那一個朋友呢？」
給舊的一張圖新的回答：
「他在臺北工作，冬天就會回來看你們。」

（我呢？是「用」臺北，像「穿衣服」那樣
還是「更」臺北，像「更好」那樣
或者「變」臺北，像「人變山羊」那樣
或者「成爲」臺北，像「成人」那樣？）

◆

ulra a cungucungularn na rine’ucan, i mudingan na valray na Pinuyumayan,
i nganguwayan mu, ulra a ’apuc di a valru’
i likudan mau na piniangeran di a pinarahanan di a miraip nu kaidaidan
tu kikarunay
nanku lima di maca peniya.

族語文法書的封面，有一串連續的刺繡
正面是花與箭
背面是念頭，建築與尚未發生的事
都需要
我們的手與眼睛去工作

第八屆原住民族語文學獎現代詩入選

馬翊航

臺東卑南族人，池上成長，父親來自 Kasavakan 建和部落。臺灣大學臺灣文學研究所博士，曾任《幼獅文藝》主編。著有個人詩集《細軟》、散文集《山地話／珊蒂化》，合著有《終戰那一天：臺灣戰爭世代的故事》、《百年降生：1900-2000 臺灣文學故事》等。

近況——

2024 年的希望是可以跟 Kasavakan 的族人在七月的時候一起前往祖居地 Kadekalran 祭祖。除了繼續學習族語、嘗試以族語創作之外，也正在修改散文集《假城鎮》、《偷土》（暫名）的內容，希望很快可以與朋友們分享。

二一六巷漫興

楊澤

行人快步離去
巷口有花探出
戴白帽的廚子
蹲在後街吸菸
有誰目視一切
垃圾桶和其他

茶街往日不復
潮店退租者眾
拉下了鐵捲門
門上塗鴉漫漶
考古時代夢遺

環保袋和其他

莫名吹來韓風
窗影一陣凌亂
女神推門而出
渣男推門而入
咖啡店的眾生
電桿木和其他

瘟疫刻在蔓延
冰山持續下探
斯文正在掃地
夢裡咄咄書空
迎面而來者誰
電視牆和其他

冰山繼續瓦解
瘟疫仍在蔓延

記憶比死還冷
激情比死還長
愚昧比死還狂
水溝蓋和其他

3月27日，《聯合報》副刊

楊澤

上世紀五〇年代生，成長於嘉南平原，七三年北上唸書，其後留美十載，直到九〇年返國，定居臺北。已從長年文學編輯工作退役，平生愛在筆記本上塗抹，以市井訪友泡茶，擁書成眠為樂事。自編自導文學紀錄片電影《新寶島曼波》於2023年推出。

我走在檳城街頭

李有成

我走在檳城街頭
似乎錯過了什麼
又似乎想起了什麼
記憶像我畏光的雙眼
陽光溫暖，卻總教我視線
模糊，或者總教時間
靜止，只剩下顛沛的碎片
在每個腳步下零星回響。

我走在檳城街頭
在熙攘中仍能聞到緲遠的
味道。有人提起炒粿條嗎？

掉了頁的舊食譜，要如何
補綴？如何留住原味？我只能
靜靜地走，炙熱的風
拂動褪色的峇迪襯衫，隱約
可辨的，竟只是花紋

我走在檳城街頭
誰告訴我怎麼回頭走？

附記：

在國立臺灣大學中文系高嘉謙與檳城《城視報》和島讀書店莊家源、張麗珠伉儷的協調籌畫下，我們一行人，包括王德威、張貴興、胡金倫、高嘉謙和我，自二〇二三年七月二十五日至三十一日遠赴檳城與吉隆坡參加三場以「文學潮汐・南方風土」為總主題的座談。在座談之外，難免有不少參訪活動。七月二十七日大家甚至乘車來回約四個小時陪我還鄉，造訪我出生與成長的漁村班茶（Tanjung Dawai），令我深為感動。家母生於檳城，我童年時經常隨她回娘家探視外祖父母與眾多舅舅和阿姨。一九六〇年我負笈檳城鍾靈中學，中學畢業後又在檳城住了一年多才離開，可以說差不多整個一九六〇年代我是在檳城度過的，那是我生命價值的重要形塑期（formative years）。臺北之外，檳城是我住過最久的城市。因為疫情，已經多年不曾返回檳城。此次回去，親人凋零，友朋老去，檳城市景也多有變化，近六十年後，少年時代的記憶零星斷續，老來心境，回首堪驚，因此有詩。詩中提到的峇迪（batik）襯衫，用料為一種蠟染布。我讀中學時，上美術課都要學習製作蠟染作品。

《文訊》十月號

李有成

曾任中央研究院歐美研究所特聘研究員兼所長、國立臺灣大學與國立臺灣師範大學兼任教授、國立中山大學合聘教授、中華民國比較文學學會理事長；現任中央研究院歐美研究所兼任研究員、中國現代文學學會理事長、財團法人臺灣文學發展基金會董事。曾獲得國科會三次傑出研究獎、教育部學術獎，並於二〇〇八年膺選為第八屆國立臺灣師範大學傑出校友。學術著作之外，作者另著有散文集《在甘地銅像前：我的倫敦札記》、《荒文野字》、《詩的回憶及其他》，以及詩集《鳥及其他》、《時間》、《迷路蝴蝶》、《今年的夏天似乎少了蟬聲》等。

近況——

作者現已退休，時間多半用於讀書寫作。

貓頭鷹的孵夢森林

小熊老師

我是你的
一個夢
棲息在一棵
名爲家屋的樹
每一片葉子都是耳朵
朦朧之中
遠遠聽見
一聲又一聲
愈來愈清晰的
霧——霧——霧——

11月2日，《人間福報》副刊

小熊老師

本名林德俊，詩人&鄉土教育工作者，熊與貓咖啡書房創辦人，點燈文化基金會董事。五四文藝獎、林榮三文學獎得主，從事在地文藝復興和友善土地的社區行動。著有《成人童詩》、《樂善好詩》、《玩詩練功房》、《阿罩霧的時光綠廊》等書。

近況——

經營的地方小書店轉型為「閱讀臺灣」的推廣教育基地，發起「貓頭鷹車車走透透」巡迴計畫，在山村與夥伴合作打造一間「貓頭鷹故事屋」，並催生「桐林里山生態教育園區」。文學創作多離不開土地與社區，作品的首次發表，往往在某個活動現場，或伴隨著裝置藝術、行動影音現蹤，甚至直接就化為一本書了。生態教育繪本成為創作主力：《黑翅鳶尋家記》、《貓頭鷹的孵夢森林》、《草莓園偵探社》、《守護億隻鴞》、《飛鼠來了》，每一本都不忘留給詩一個席位。

天空之外的天空

姚時晴

長夜將盡
我在此刻寫信給你

鵝卵石輕觸另一顆鵝卵石
白鷺與鴨跖草沿河堤播散風的稚嫩種子

窗臺外不知名的雀鳥
因夜的喉嚨深處
飽含潮濕嚅囁的顫音而份外緘默
雨滴正在滑落……小城的屋瓦
被銀灰的藍暈染成水澤狀的院子

長滿含苞待綻的薔薇科植物
日光緩緩垂下根鬚
深植大海的野蠻農地

世界正一瓣瓣打開自己
以我們熟悉卻又全然不同的每個日常
濃霧，街道，公園的紅色溜滑梯
漁船，碼頭，始終存在卻又不斷消逝的草尖露珠

一切，一切我想為你描述
正在我筆下發生的此時此刻
皆因即將盛綻的黎明，而充盈聲音

《創世紀詩雜誌》十二月號

姚時晴

現為臺灣《創世紀詩雜誌》執行主編、「小草文化」主編，以及《中華日報》專欄作家。曾獲選創世紀新生代詩人、「臺北詩歌節」新生代詩人、磺溪文學獎等文學獎項，以及國藝會創作獎助等。2016 年入圍「誠品閱讀職人大賞」年度最期待作家。詩作入選臺灣、香港、中國、美國詩選集，並被收錄於大學文學教科書《台灣文學史讀本》。作品被翻譯成英語、日語、菲律賓語。著有《曬乾愛情的味道》、《複寫城牆》、《閱讀時差》、《我們》、主編《鏡像：創世紀 65 年詩選》。

近況——一切平靜如常。

我們談天空

王怡仁

今天我們談天空
雖然不屬於意料的事
我解開頸項的第一顆釦子
那裡有暴雷的爪痕

妳會傾聽嗎？
內心有烏雲；額頭就會有閃電
除非妳不介意——到山下賣傘

不是所有的水
都能跌倒成讓人驚嘆的瀑布
也不是打開民宿或山的眼睛

就會看到彩虹

今天我們談天
但空是談不完的
是啊！光明磊落的雲
終究要釋放抱在胸懷裡的水

靜靜地——霧在說話
夏夜很鬧，秋天會再來
這不是很好嗎？足以讓我們
在後院養三頭鹿、九尾狐
三千朵蝴蝶、九萬匹蟬……

第十三屆全球華文文學星雲獎人間佛教禪詩首獎

王怡仁

血液之中有「Basay」族的基因；身分證開頭「Y」的天龍國人。
曾獲聯合報文學獎、葉紅女性詩獎、打狗鳳邑文學獎新詩類獎項。

近況——

現任華舞伴金銀工藝術總監，兼職廣告、撰文特約。

高空發生的事（外二首）

林婉瑜

高空發生的事

我的航行路線
和聖誕老公公駕駛雪橇的路線交錯

他的人生和他們的人生
在飛機上交錯

我和懸月
永不交錯
但不介意
和它下一場星棋

高空的禪

屬於地球的禪
是蜿蜒的海岸線
讓海洋和陸地
形成了太極

屬於高空的禪
是靜謐時
一朵雲
通過了內心

遇見未曾謀面的美

世界是一幅卷軸
半開，半掩
用我不斷前進的旅途

把這幅卷軸
再推開一些……
（出現了未曾謀面的美）

遂大步向前
與之相見

註：長榮航空詩卡（迎賓卡）十二首，其中三首。

12月13日，《聯合報》副刊

林婉瑜

近況——

有幾首詩成為教材，在2023年，剛好全部都印行啟用了：〈童話故事〉收錄在翰林《普高國文補充教材5》以及三民《技高國文課本5》；〈愛的24則運算〉收錄在《警專國文選》；〈那些閃電指向你〉、〈寄居蟹〉、〈也就是這樣〉收錄在龍騰《普高加深加廣素養閱讀3》。

長榮航空詩卡（迎賓卡）：我的工作範圍是交付12首「飛行、旅程」主題短詩；詩作〈更新〉寫給好久不見的友人、親人、任何想念並期待與之重聚的人，並不侷限為情詩；每張詩卡，都有印上作者姓名和翻譯家姓名。

乘載詩句的卡片，被刻意冠上曖昧詩卡、發詩卡不如給Wi-Fi密碼、乘客都會當作垃圾丟掉……等汙名，錯愕且遺憾。更加知道，能夠理解和感應詩的心靈確是可貴的。長榮航空在國際航線（歐洲、美洲、澳洲之商務艙）以詩作的中文和英譯，向乘客引介臺灣現代詩，是為期一年的活動。東京奧運高爾夫球銅牌國手潘政琮、演員許瑋甯、李康生、作家劉軒……以及許多國內海外乘客，都拍下了，他們獲得的詩卡照片，公開分享在社群媒體。

歲末(外一首)

林彧

【歲末】

沒賣茶時,我沖泡吊耳咖啡
清醒數算著 山,窮,水,盡
不能喝酒了,我繼續
寫詩,一字一句,灌醉自己

【年初網購】

勾選:免煩惱
一星期藥物分類盒

電商提問：需要尿壺嗎
勾選：莫求人
長臂刷背器。防滑墊呢

勾選：豬事如意
十二道團圓年菜，加贈兩包
幸福甜點。無法依指定日期出貨
滑鼠被驅使，在網路鑽進鑽出
忙碌嗅聞：亂竄的鄉愁滋味

是的，我網購，我預約了一些
期盼。請宅配明天到我家

（新年到，農曆過年也近了。於是網購了一些生活用品，也買了些醫護器具，沒想到電子商店卻熱心地推薦其他商品：護膝、穿襪輔助器、白髮族專用鈣片……我只是生病，別人卻和我討論「老」。後來，又各花了2200、650買了自己的處男詩集《夢要去旅行》的首版與再版。〔35年前，一本訂價才80元啊！〕也好，至少感覺贖回了一點青春。）

《人間佛教》學報第43期

林彧

1957 年生，本名林鈺錫，臺灣南投縣鹿谷鄉人。畢業於世界新專三專編採科（世新大學新聞系）。1983 年獲中國時報文學獎新詩推薦獎；1984 年獲創世紀三十周年新詩創作獎；1985 年以《單身日記》獲金鼎獎圖書類出版獎。2020 年 12 月獲南投縣玉山文學獎文學貢獻獎。

著作——

詩集《夢要去旅行》（時報出版，1984.07.10）

詩集《單身日記》（希代，1985.03.15）、1985 年獲金鼎獎圖書類出版獎

詩集《鹿之谷》（漢藝色研，1987.12）

詩集《戀愛遊戲規則》（皇冠，1988.06），同步出版簡體版發行於中國。

散文《快筆速寫》（自立出版，1985.09）

散文《愛草》（文經社，1986.02；華成，2003.01）、1986 年臺灣省教育廳優良圖書補助

詩集《嬰兒翻》（印刻文學，2017.07.29）、入圍 2017 年臺灣文學金典獎

詩集《一棵樹》（印刻文學，2019.06.28）、入圍 2019 年臺灣文學金典獎

詩集《彷彿在夢中的黃昏》（印刻文學，2022.08.10）、2023 年獲金鼎獎優良出版品

近況——

1981 年退伍後進入聯合報擔任校對，1983 年派赴故鄉南投縣擔任地方記者。1984 年進入時報周刊擔任主編、編輯主任，1988 年轉任中國時報影視版主編、文化新聞中心副主任，2004 年以時報周刊副社長提早退休。2006 年閃辭新新聞周刊副社長。2006 年底返回鹿谷溪頭老店賣茶。2016 年中風。2018 年註銷「三顯茶莊」商業登記。從此無業，寫詩度日。

菩提寺

蔡忠修

菩提樹
有的落葉已遇害
所以葉脈留下了傷痕

菩提寺的菩提
有的百年有的數年
菩薩知道
有落葉就有芽尖
妳說那是殘念
我說這是一種宣言
禪房有禪落入心田

早課；
木魚游入紅塵
晚課；
春天游出人間
香客房裡的打呼聲
驚醒了燭火
菩薩醒著
菩堤寺的菩堤也醒著

《文訊》九月號

蔡忠修

著有《初啼》、《兩岸》、《神問》等詩集。曾獲第四屆全國大專新詩獎，七十二年優秀青年詩人獎，乾坤詩獎。曾和苦苓創辦兩岸詩雜誌。

近況——作者獸醫師高考及格，任職慈愛動物醫院院長。

入藏：浴佛節記事

廖咸浩

在萬呎的高空上，你開始淨身
將腹內的一切汙垢逐一清除
從昨夜的美食到幼時的醬瓜
皆因高原的遠影而倉皇流竄

你覺得自己彷彿只剩
輕如白紙的肉身
空氣的清冷似能穿心而過
天空的蔚藍將你漸次暈染

在飛機下降的剎那
你聽到了完全不熟悉的語言

如祝禱般傳遍機艙
那是在急速解除重力的過程中
一種翻轉的語言，
把生命極力的逆向浣洗

你在旅店中粒米無法入口
並繼續深入體內淘洗五臟
及至心肺自內裡外翻
肉身與魂魄易位
夜中驚寤連連時
竟無法分辨自己是爲病痛所苦
或是已臻至眞正的存在？

但隔日
你與藏民對話時竟說出了漢藏語系最初的詞彙
你竟離地三寸貓足登上布拉達宮
你竟在大招寺中如幼鳥展翅不斷迴旋而不覺暈眩
你在白日竟望見銀河在大幅旋轉、在不斷生滅

但——徒然你仍是
一個肉身而自覺的人

如是你在浴佛的清晨醒來
並隨人群在黑暗中湧向山巔
你陷入不斷推擠的欲望中
努力的浮沉於天之將明
與夜之拒白
惟在藏語與漢語交雜的呼喊中
似聞一種聲音
在遙遠的窄門的另一端
時明時滅

人群因求入而不得
在黎明前夕狂舞成一個巨大的漩渦
你進退維谷而
衣衫爲之掀起，鞋襪爲之丟失
髮爲之披，胸爲之悶

心頭除妄念之外，還是妄念
幾乎將滅頂於窄門之前時
門突然打開
那一剎那
大佛在第一道陽光中
以整座山的姿態向全宇宙展開

你終於得以向佛緩緩走去
如方始學步的幼嬰
伙伴皆已不知去向
你獨自經過佛，拋出哈達
並隨藏人朝祂身後繼續登高
但他們竟往八方離散
以致你頓亡去路
四顧盡是席地而坐的藏人
或冥想或祝禱
無一如你在惶惑中趕路

你在倉皇中望空以漢語問路
然而眾人一時皆默——
唯有一稚齡的女孩
指向一個未曾預見的方向
一條逆於眾生的路：
必須深入無底的河谷
復爬上不見巔峰的高山
她說：「你要一直走，一直走」

你在驚恐中拋棄眾人
往深谷中顛躓仆伏
並跌入一無法度量之深淵中
在極度接近樂園崩壞的前夕時
突然有人將你拉起，不斷拉起
馴至接近了一座失去底部的峰頂
而且繼續爬升
直到你能看見烽煙四起
聽見人類狂嚎、走獸悲歌

惟稚子微弱的聲音依舊：
「你要一直走，一直走」

你一直往前走
雖已力竭如行屍如走肉
如萬古以來即運轉不怠的空心之人
你已不再記得一切你的所能與不能……
終至——你突然如棄嬰接回了臍帶
一時被無邊的汗水吞沒
不知許久後你睜開眼——
只見街上行人如織、萬物恆常
你爬行至一年邁的小販攤前
仰望著攤上的柑桔與鮮花……

小販被皺紋無限切割的臉孔
突如蓮花般緩緩綻放
他以指縫不捨頑垢的手
輕輕觸撫你似裂未裂的頭

並以藏語對你說：
「若以音聲求我
則求之必不可得
若不以聲色求我
亦不可得
唯需問道於盲、
或稚子
始得穿越一切恐懼
回到世間。」

註：2011年夏天初次入藏，並有幸參與浴佛節。唯此次浴佛儀式入口只有窄門一道，過程備極艱難。及至回到市區時，已疲勞不堪，但心靈的洗滌之徹底，卻從未有之。本詩有感而發，兼及記實（所有詩中細節都信而有徵），但遲至近日才定稿。（2023年7月22日，於歐行旅次）

《創世紀詩雜誌》九月號

廖咸浩

史丹福大學博士，哈佛大學博士後研究。現任臺灣大學人文社會高等研究院院長，外文系特聘教授，中華民國筆會會長。曾任臺大外文系系主任，中華民國比較文學學會理事長，幼獅廣播電臺《苦澀的成長》主持人、公共電視臺《閱讀天下》主持人、臺北市政府文化局局長、財團法人語言訓練測驗中心執行長。著有《愛與解構》、《美麗新世紀》、《紅樓夢的補天之恨》、《迷蝶》等書。編有《八十四年度小說選》、《臺北學》I、《臺北學》II、《超越天啟：疫病、全球化、人類世》、《雙語國家狂想》、《眺望諸夏：後西方視野下的傳統中國》等書。詩集《流沙墜簡》及《情欲無關練習曲》即將出版。另有學術著作《幻覺主體：臺灣電影中主體的僵局及起越》及《Deleuze and Taoism》二書即將出版，《隱形的中國》及《人工智能與人文學》二書寫作中。

輯四　沿著時間的航線

最壯麗的紙——這世上，還有什麼比死更薄的紙？

白靈

一條江只剩三千尺的寒
蜿蜒在你留下的
那冊詩頁裡
破旗折戟猶插在岸礁上
烈烈作響
你的楚國早隨你沉了江
迄今連泡沫
也不曾冒出一個

（肅殺四面蔓延，有人舉白紙湧向街頭）

像你的秭歸猶浸在三峽大壩的

水庫裡
你的宗祠和子民遷了址
擱淺徘徊在壩頂
猶疑是否也該隨你
跳進楚辭的艱難裡
感受這
兩千多年蜿蜿
蜒蜒的冷

（肅殺八方蔓延，有人舉白紙占據街角）

漂泊得夠久了
有人看見你
化身成一尾瘦骨嶙峋的
鰣龍
自外海沿江尋古老的水味
洄游而上
到此過不得

於堅固而漸龜裂的江底
撞壩而死

千古艱難的眞的唯一死嗎
如果沒有冷透兩千年的離騷
穿透天下所有的紙
誰更能比你　有
最壯麗的死？

（肅殺迅速蔓延，有人舉白紙淹沒了街角）

但是屈子，你的離騷每個字都是劍
也擋不住一根大砲
唯你跳下的那條江蜿蜿
蜒蜒兩千年
冷透三千尺寒
就封了十四億人的嘴
迄今能繳出的

僅能是一張白紙嗎？
（死之黑影淹沒全境，有人搶走白紙砍下了街角）

註：鱘類最早出現於三疊紀，約兩億三千萬年前，中華鱘即屬珍稀古代魚類，具洄游習性，成魚洄游至長江上游的金沙江一帶產卵，孵出之鱘苗順流而下，漂游入海十年，再重尋舊跡返上游尋根產卵。如今市場所見俱為人工養殖。

2月9日，《聯合報》副刊

白靈

本名莊祖煌，國立臺北科技大學化工系教職退休，仍兼任東吳大學中文系副教授，講授現代詩。作品曾獲中山文藝獎、國家文藝獎、新詩金典獎等。「詩的聲光」創始人，曾任臺灣年度詩選編委二十餘年及《草根》、《臺灣詩學季刊》主編。著有詩集《沒有一朵雲需要國界》、《愛與死的間隙》、《女人與玻璃的幾種關係》、《昨日之肉》、《五行詩及其手稿》、《白靈截句》、《野生截句》、《瘟神佔領的城市》、《流動的臉：白靈新世紀詩選》等十八種，散文集四種，詩論集《一首詩的誕生》、《新詩跨領域現象》等十種。主編過《中華現代文學大系・詩卷》、《新詩三十家》等二十餘種。建置《白靈文學船》、《詩的聲光》、《象天堂》等網頁。

近況——

陋室無酒驚諸子，布衣有詩輕王侯。詩書篆不分，斜槓生活中。

我曾死過一分鐘

劉曉頤

爲了保護這一分鐘，或許我
願意死去——

只要世界可以和平一分鐘
硝煙暫止，全世界的坦克都壞了引擎
彗星拖曳著線條像
永恆的減法

我知道如何死得像大提琴般
體態優美，封存的低音是我靈魂的雨水
路人只覺衣衫被花灑沾濕
不知在草塚裡，我切下一小片時代

摟著去死——

我願意死去，而且
眞的死去了一分鐘
走出草刃時遍腿都是嫩綠的傷疤
手持鐵鏽的薔薇——是你們捎來的嗎
我妄想代替世界，而戰事，而……

從未想過那一分鐘
死者也能
從月光受孕

我腹部逐日隆起
如墳，如土丘，天光白得像入土儀式
颶風後的放晴有種刮擦般的明亮
一起安詳地，到我死過的那片草坪放風箏吧
未知什麼時候會產痛

從心臟瓣膜到腹部
滑過一顆黑珍珠
——他將美好地被分娩，世界會有一瞬
所有人都為了活著本身而燦笑如蜜
即使或許什麼也沒發生

2月10日，《自由時報》副刊

劉曉頤

東吳中文系畢，現任中華日報副刊主編，中華民國新詩學會及中國文藝協會理事，詩刊編委。得過中國文藝獎章新詩類，新北市文學獎新詩首獎，飲冰室徵文首獎，葉紅女性詩獎等多項詩獎。入選多次二魚版《臺灣詩選》、《創世紀65年詩選》等多本國內詩選集，大陸《臺灣當代詩選》，全球華文《詩可興：疫情時代全球華語詩歌》。詩獲《臺灣文譯》、《紐約一行》、香港《譯叢》英譯。著有詩集《春天人質》、《來我裙子裡點菸》、《靈魂藍：在我愛過你的廢墟》、《黑夜蜂蜜》。《來我裙子裡點菸》獲選臺灣文學館107年度「文學好書推廣專案」。另獲臺北市政府出版補助、國藝會創作補助。

沿著時間的航線——訪高雄海軍臺灣眷村文化園區

賴文誠

你緩緩行入某條時間的航線，乘坐著
中字號艦艇搖搖晃晃的泳姿
與破舊的皮箱，緩緩繞過記憶的右舷
繞過，一段流離艱困的登陸演習

島嶼的南方是陽光沖擊之後的熱帶甲板
你在平穩的恬淡時光中下了錨
卸下沉重且布滿海草的足跡螺槳車葉
以敏銳的聲納系統，接收袍澤們
具有鄉愁聲線與多頻道的各省方言

你仍有疲憊需要除鏽，重新塗上

能夠保護一家大小的多層防水體魄
你推進噸位沉重的夢，航向星月翻湧的夜
勳章、軍眷眷補證與受潮的黑白照片
是漂浮在生命海洋裡的救生小艇
每一次遙遠而潮濕的任務航行
你依然忠貞的，擬好細微且精實的
生活作戰計畫與戰術編隊

仍有長期缺乏的親子關係需要運補
你沾滿柴油汙漬的工作服
擱淺著一些清洗不去的暈船維修筆記
在動線複雜的艦艇鋼鐵結構
在不見天日的骨董級潛艇艙室
你經歷著數次遺失陽光與方位的海戰

從大陳島、臺山到烏坵
你和火光站在同一個甲板，穿越著砲聲
以同樣的速度進入不同的戰史

輪班使用的臥鋪，仍歇息著海水的鹽度
搖晃的桅桿上，你遠眺著妻兒安詳的睡姿
盤旋的海鷗，也許發現了即將襲擊的風暴
海豚則攜來急需解譯的天候與海象密碼

一些準備入塢維修的疲憊
可以在日式宿舍潮汐平靜的小巷
與寬敞的榻榻米碼頭之間，休整與補眠
砲彈箱米缸裡航行著一頓不再搖晃的晚餐
煤球爐上正溫熱著的家鄉菜
讓你短暫的，忘記艦上冰冷的罐頭食物

心戰文宣與標語口號是深層的洋流
仍在斑駁的牆面緩慢潛航
你佇立在浮沉動盪的時代艦橋上
指揮情緒的纜繩與各式索具
與袍澤們傳遞著，愛與勇氣的戰備物資

你知道，一座海洋擁有最多星球的眼淚
也知道一艘艦艇獨自旅行的孤單
忙碌的旗號與信號板，訴說著
軍旅生涯多變的風速與浪高
你依然牢牢握緊意志的方向舵
繞過暗礁、深邃的海溝
繼續前往夕陽與海浪永遠停泊的地方

附註：「再見捌捌陸─臺灣眷村文化園區」位於高雄左營海軍明德新村，展示著眷村時代館、眷村聚樂部等設施。我們可以看見勳獎章、逃難時的舊皮箱、砲彈箱米缸、眷補證等生活器物。以及一些俱樂部、電影院與創世紀詩社的軍區文藝與娛樂空間。娓娓訴說著那段值得懷念的，漂流及落定的烽火歲月。

《創世紀詩雜誌》九月號

賴文誠

仍將努力成為一首自己的詩！曾獲得時報文學獎首獎、全球華文文學星雲獎首獎、聯合報宗教文學獎與教育部文藝創作獎特優等多項文學獎，作品入選各種重要詩選，著有《詩房景點》、《詩說新語》、《詩路》、《如果，這裡有海》、《這個城市，有雨》等詩集。

近況——

持續書寫，讓現代詩的創作融入生活。也持續嘗試將詩句的敘述重心擴及至社會各層面的觀察與關懷，尤其是弱勢族群方面。期望能為人間多貢獻出一些美好！

他說下星期一起到基希涅夫

林禹瑄

「我不懂如何區分
恐懼和希望的形狀，但是」
他說，我們剛剛
和二十個遺失住址的
陌生的。靈魂。一起
出門，進門
踩回各自的鞋印
抵達時間新的摺痕
感到徒勞、安心
而有了多餘的意圖：
銀冷杉。星象。愛。
有人艱難地開口，他說

聲音像海
而我在彼岸
看見字詞與字詞輕巧地錯過像帆
而不帶遺憾
但是最好的命運也不過是
他說下星期。一起。到
基希涅夫，在共產主義巨大的傾頽的陰影裡
感覺有所失去，一起
在基希涅夫，找到一扇最貧瘠的窗
重新成爲有信仰的人
回到此刻，他說，新年第一個小時
遠方有地面正在下陷
另一個遠方有人照常在死
「但是一切不過是順序。」
譬如承諾與謊言，
鐘擺與錨，一個故事的
結尾與起始
因爲最壞的命運不過是

他說。我們。到
基希涅夫，遺棄
一切不及堆積的
雪忽然下成了雨
甚至不能一起摔成碎片
甚至不能一起消失

4月7日，《聯合報》副刊

林禹瑄　1989年生，有詩集《那些我們名之為島的》、《夜光拼圖》。

近況——領養了一隻名叫幽浮的貓，更合理地繼續像幽浮一樣在寫作和生計之間徘徊。初冬空蕩蕩的庭院裡，終於寫完了春天要出版的第三本詩集。

海街日記

田煥均

這裡，海風常穿走街坊
邊走邊削，邊走邊鑿
讓屋舍的表情更深刻
連眼神也變深邃
數十年來野心在加工區加工成
可以出口的模樣
可口的模樣
（後來大家才知道，這些加工品
去過的地方，比所有人還多）
攀上木麻黃的視野

抗風，耐旱，易貧瘠
困頓的生活，好比造船廠
少有人清楚裡面在忙些什麼
直到產出龐然大物
那些無法言說的日子終有證明

儘管很曬
超低溫冷凍廠長久豎在那裡
外熱內冷的個性像極
遠征過大半個地球的老人
捕過自由，也捕過孤獨
縱使日光幾乎縫起了他的眼睛
也要和長凳與酒瓶，野狗與浮球
一起看顧不懷好意的西北雨

充滿韌性，經得起時間磨損的
海，不僅適合眺望
男人女人都一定經歷過

像是穿在腳上的藍白拖
不怕濕以後，跑著跳著
沙灘上原本已經奄奄一息的浪花
又重新活了起來

第十三屆新北文學獎新詩首獎

田煥均

臺灣大學物理研究所畢。曾獲林榮三文學獎、時報文學獎、臺北文學獎等獎。獲選文化部「臺灣詩人流浪計畫」資助前往蒙古國壯遊。入選《2019 臺灣詩選》。獲選《2020 年優秀青年詩人獎》。

近況——

去年的新年願望：一個是當爸爸，一個是出書，如今即將成為新手爸爸，詩集卻依舊沒有頭緒。我知道，馴服一個躍動的念頭並不容易，馴服一個巨大的想法或是數十個構思更是難上加難，如何讓整體大於個體的總和，是我必須解決的課題。希望孩子出生後，我的文字可以陪伴他一起長大，我懷抱著這樣的初衷創作。

柔軟源自於何處

鄭琬融

窗關緊一點吧，風會滲進
昨晚的夢、今日沉浸的壯舉
「沉浸還是耽溺？」
「摘花放進水瓶內的時候，是否意會到這種衝動源於何處？」
草皮，對了。次生林，不對。
盆栽，對了。但最好是鮮花。
讓活生生的事物環繞我。讓我感覺被寵愛。但把
風關緊一點吧。思考會被吹散。
好不容易製造出來的氛圍——眞是的，蟲會飛進來。
再多說一點吧，你說你是怎麼發現那頭鹿？怎麼
能忍受他死前炯炯的目光？在僵直的生命前嚴肅、莊重
鋸下那高達兩尺的頭顱，掛在牆面上

讓征服、無盡的憐憫、唾手可得的野性，在每日生活的起居
提醒，一場注定獲勝的追逐賽
這是不是就是靈性？擁有一頭巨大的獵物
狂風的舌尖碰不到牠，草腥味和皮草裡的霉因而默不作聲
真喜歡這具體成形的悲傷，乾淨、絲滑。
——主人繼續對獵人這麼說。風從門縫裡吹響木櫥櫃、
瓷器，銀邊上的灰塵。一片柔軟的花瓣在顫抖
草叢上、瓶口緣，沒有什麼不同。

2023 臺北詩歌節

鄭琬融

曾任職出版編輯，現就讀北藝大文學跨域創作所。詩作曾獲林榮三文學獎、第七屆楊牧詩獎。小說曾獲教育部文藝創作獎。入選 2022 年臺灣文學基地秋季駐村作家、第十七屆雲門流浪者計畫獲選人。著有詩集《我與我的幽靈共處一室》、《醒來，奶油般地》。詩作收錄於《貳零貳零 臺灣詩選》、《新世紀新世代詩選》等。

個人網站：https://ilivewithmyghost.wordpress.com

近況——

2024 年夏天預計前往日本九州的阿蘇火山拜訪。

公廈靈柩

陳家朗

自那天起，木板地就因爲泡水
而隆起了一條長長
的凸出，摸起來
像極了你的脊椎骨，一直
延伸到陽臺。我沿路，撫至你頸項
的位置，有風，像髮，像你呼出來的鼻鼾聲——而你就趴著
趴著睡，雙手，是陽臺的角落
倒下的小盆栽，指甲
落下的花瓣，彷彿
不久前，仍有蝴蝶在停佇——我搖搖你
輕輕，把盆栽扶正、又再

倒了下來了——你還是

還是沒有醒來，耳朵處，猶有未及、或是忘記換下的
飾物，那糊塗
不堪的樣子，是多麼的引人發笑呀，引人，想去捉弄，但我
笑了好久
好久，還要惡作劇地，把你的耳飾
換成月，又換回了太陽——你還是
還是沒有醒來，我就感覺
有點無趣了、不再

企圖去吵你。我便從陽臺處
走回去。脊椎骨，接著的就是腿，一直，延伸到牆角
發霉的地方，你的腿
的位置，拌著霉樣的雲朵，且散出了
滿室的蒼蠅與老鼠，好像

就是你在夢裡，行走
又飛翔，披身黑襯的喪服，列隊，將所有持續滴落
牆壁的滲水都整齊
抬回我，漆黑的眼睛中，讓我驚覺

提醒著我——

第二十五屆臺北文學獎新詩首獎

陳家朗　1998 生於澳門、香港。臺大中文系畢。詩作曾刊於臺港澳各詩刊、報刊。現為中學中文教師。認為詩是自身無止盡的琢磨，轉益多師是吾師。曾獲 2022 金車新詩獎特優獎，2023 臺北文學獎現代詩首獎。最愛的詩人是楊牧。

近況——　詩集即將寫到第四年，仍未定稿……最近重讀《時光命題》、《人該如何燒錄黑暗》、《閃神》，又拜閱《心術》，遂想起子貢的頓悟，「如切如磋，如琢如磨。」啊，詩就是這樣……

在九槍之中

隱匿

阿非：「從今以後，我會忘記一切，開始工作、努力賺錢。」

是什麼促使你
拋開過去的理想
放棄屬人的形體
剝除了一道又一道
文明加諸於身上的痕跡
魚一般赤條條
獸一般四肢著地
樹皮一般粗礪

菜鳥警員：「把他從車底下拉出來，他不會痛！」

是什麼促使你如此恐懼
面對無法溝通的空洞人形
你數不清手上的槍已擊出過
幾發子彈
那是警校沒有教的
是執勤經驗還來不及學會的

資深警員：「他中了九槍，你卻把流鼻血的先送醫？」

只因你不明白為什麼
眼前這具和我們相同的肉體
在血泊中仍持續向外投擲石塊
儘管已奄奄一息

阿非：「我不是一切，卻要做一切。不能頹倒，要站起來，繼續往前走，要承受和犧牲，要繼續努力。」

是什麼促使你頹倒於地
永遠不再站起
儘管你本來奮發向上
願意爲家人犧牲奉獻
是什麼促使你
成爲奴隸

某移工：「我入境臺灣之後立刻明白了——我就是奴隸——我本以爲現在已經沒有奴隸了。」

是什麼促使你以主人自居
將外來勞工視爲即可拋的工具
是什麼促使你買賣人口磨刀霍霍
向著那無能抵抗的俎上肉
儘管你本來善良可親
虔信菩薩或上帝

阿非：「時鐘即將轉到寧靜的深夜兩點鐘，但你又怎麼知道，在那裡有一個人徹夜不眠。」

是什麼促使你在美好的周末夜晚
手持可樂和爆米花來到電影院
最後卻胃口盡失
甚至以手遮眼
就像過去已發生過無數次的
你轉開視線假裝沒有看見
巷口的流浪動物
鄰居的家暴
遠方的戰爭

阿非：「如果我在人生的路上跌倒了，媽媽，請原諒我。」

是什麼促使你寫下這首詩
當你全身發抖
抄寫與重組這些字句
直至最後一行

你就像死過一次那樣
跌倒在地
彷彿那時你同時
是刀與肉
是扣下扳機的手指
也是躺在血泊中的人
與他們的母親

註：蔡崇隆導演的紀錄片《九槍》，紀錄越南籍阮國非（阿非）等許多位移工的故事。「」中的句子來自紀錄片。

9月11日，《聯合報》副刊

隱匿

寫詩，貓奴。
著有詩集《幸運的罪》等七本，散文集《病從所願》等六本。
法譯、荷譯詩選集各一。

近況——

還活著，還在寫，還有貓。

如果你住加薩——2023年10月感事

陳義芝

如果你住加薩
你的先祖一千多年前就住這裡
此刻你哭泣，也只能
向牆上的遺照行禮
已沒有可告別的墓園

如果你住加薩
占領者限定二十四小時離去
你荒急地收拾衣物
徒然地整理僅存的箱子
彷彿失去了自己的身體

如果，住在加薩
空襲是日常的鬧鐘，殺戮是無助的抵抗
你仰望高空握拳
不能理解藍天為何掩飾藍天
當濃煙火苗四下竄起

在加薩，鳥影會被彈擊
雲影也會被槍殺
困居六百八十一公里的高牆鐵絲網
即使你已扯下頭巾多年
但在敵人眼中你仍戴著頭巾

住在加薩沒有家
醫院被摧毀，病患蓋上了白布
斷水斷電斷糧的加薩
瓦礫在傷口，砲火在逃亡者腳下
此刻，你還懷疑為何有哈瑪斯嗎

10月16日，《聯合報》副刊

陳義芝

曾參與創辦《後浪詩刊》、《詩人季刊》，主編《聯合副刊》，著有詩集、散文集、學術論著。現為臺師大兼任教授，逢甲大學特約講座，趨勢教育基金會文學顧問。

近況——

2023年秋，作有長詩〈遺民手記〉。
2024年秋，詩劇場《如果眼中有淚》將於「雲門劇場」演出。

一個劇作家

鍾喬

前言：希臘導演安哲羅普洛斯說：「詩，並非偶然；而是一種奇蹟。」我的劇場中常有詩的蹤影，詩中也有劇場的痕跡。不論是劇場或詩，既是偶然，也是奇蹟。

因爲，惑問與懸念
我步上了這旅程
在事件中，讓人物
在返鄉的歸途中
一座舊車站前
茫然誦詩，若一詩人
這是敘事的開端

以詩作爲劇場的載體

這只是一個意外
或突發的開始
接下來，穿越車廂的
將是更多驚愕的情境
倒底是精靈闖入
或者終歸只是一陣風
都和底層如何被風襲倒
而後，又選擇揹負汙名
奔上一趟意外旅程相關

所以，對劇作家而言
事件性遠比劇情性
有著永恆的代表性

風雪，不會是南方島嶼
居住的特殊與日常

因此，風雪事件如何發生
又如何覆蓋整座城市
將形成怎樣的影響
這是寓言帶來的轉折
就如戰爭為何發生
遠比譴責戰爭　重要

時間中的母親
被遺忘的一頁血腥
登上靈魂之窗的冬蟲
從未知來到的新娘
當人物都開始找尋自身的腳色
腳色，或許注定遲早失蹤
又或要在時間之外
找尋出路，這已經宣告
懸念的不可或缺

宣告，只是宣告

就像教條指示著規訓
通向時間的終點
心中的燈隨之黯然
戲劇，何時有理由
在答案的漩渦中自足
因此，相約共同啓程
在石礫佈滿的曲徑中
冒著土石流災難前行

這是懸念交代給惑問
不曾停歇的約定
就這麼抵臨，下一個驛站

一個劇作家
在觀眾席上看見自己
也在舞臺上表現自己
看見的瞬間，被看見
表現之際，早被觀眾在現實上

表現了千次萬次百次
這是寫給一個劇作家的一首詩

2月2日，《聯合報》副刊

鍾喬

1956年生，苗栗三義客家人。17歲，就讀臺中一中，開始寫詩。1980年代初期，研讀戲劇研究所，受教於姚一葦老師。1986年，在投身底層寫作的年代，進入《人間雜誌》工作，受教於陳映真老師。連結劇場勞作與庶民生活對等的視線。1989年，從亞洲第三世界出發，展開民眾戲劇的文化行動，1996年組合〈差事劇團〉，有兩只翅膀：一只是年度的專業演出；另一只，是在社區或社群的民眾戲劇工作坊。兩者互為辯證，在表現的方向上容或有所不同，卻在基本精神上是一致的。詩與戲劇，率皆深受德裔詩人劇作家貝托・布萊希特（Bertolt Brecht）影響。

近況——

我總是在時間的相對地域和自己或他人相遇；這地域除了時空之外，指的是人的氣味與視線的交織。為何是相對地域呢？這問題我也常提問自己，主要還是為了與內在的獨白對話，並安置與他人的對話關係。因為，近30年來，我的創作都環繞在詩與劇場的衝撞或交織之間，這是無法迴避的相遇。

感謝寧靜

陳育虹

感謝早晨
感謝鳥，鳥巢
安穩，感謝草還綠
天空還藍，感謝太陽刷亮
每一扇窗戶
感謝沒有鷹架
感謝貓不再發情
熊蟬虎斑蟬願意等待
未知的季節
感謝第十個繆斯，感謝
失樂園和每一顆蘋果
感謝沒有轟炸機

沒有森林野火
火是一個壞情人
感謝白馬是馬噩夢只是夢
感謝寧靜

9月29日，《自由時報》副刊

陳育虹

著有詩集《霞光及其它》、《閃神》、《之間》、《魅》、《索隱》等八部及日記體散文《2010陳育虹》，譯有葛綠珂詩集《野鳶尾》、安卡森詩集《淺談》、艾特伍詩選《吞火》等六種。作品除已有日、法、荷譯本，英譯本亦在進行中。2004獲臺灣詩選年度詩獎。2007獲中國文藝協會文藝獎章。2017獲【聯合報文學大獎】。2022獲【梁實秋文學獎】翻譯優等獎。2022獲瑞典文學獎【蟬獎】。

近況——正常。

輯五　浪花捲走你的身體

你不再說文解字——挽許學仁

須文蔚

你總在文字學課堂洩露天機
每每離析看似尋常的符碼：
分貝之後就貧窮了
同田工作才會富有
在一片笑聲中破解
方塊字離合變化中的隱語

國語辭典是一座豐饒的島嶼
你細細耕作每一方漢字
把上蒼的讚嘆和飄落的穀雨
播種在網路每一個0與1的字元中
教愚昧、野蠻、邪惡的妖魔鬼怪

在無數的寒夜中哭泣與懊悔
不能再愚弄總是無知的人們

你不再於文字學課堂談笑風生，記得
你曾在黑板上愼重寫下一個「武」字
這不是酒令也不是字謎
從拆白道字的方法中體會止戈爲武
讀懂一個字的眞諦竟然能
以和平打造出最有威力的軍火庫

望著你不再說文解字的教室
想起還有那麼多等待你注釋的文字
從此只能孤寂蔓生到天涯，忍不住
生氣起來：這不可理喻的人生

6月19日，《聯合報》副刊

須文蔚

詩人，東吳大學法律系比較法學組學士、國立政治大學新聞研究所碩士、博士。創辦臺灣第一個文學網站《詩路》，是華語世界數位詩創作的前衛實驗者，集結創作與評論在《觸電新詩網》。曾任國立東華大學華文文學系特聘教授、研發長、華文文學系主任、數位文化中心主任、楊牧文學研究中心主任、《創世紀》詩雜誌主編，《乾坤》詩刊總編輯等。出版有詩集《旅次》（創世紀）與《魔術方塊》、文學研究《臺灣數位文學論》（二魚）、《臺灣文學傳播論》（二魚），報導文學《看見機會：我在偏鄉15年》、《怦然心動的文學課》（時報文化）；繪本《月牙公主》（秀威少年）等。

近況——

現任國立臺灣師範大學國文學系教授，文學院院長，宜蘭花蓮縣數位機會中心主任，教育部邁向數位平權推動計畫團隊主持人，臺灣文學發展基金會董事。

潮汐

吳鈞堯

擔心時間成爲藥帖
七魂六魄遵循朝九晚五
以輪迴果報渡化自己
生滅之事放下了
結，都應該解下？

忌諱時光善於麻痺
日子過得不痛不癢
爲昨天打掃
難道不能故意留些依戀
與今天的太陽說
黏膩不要蒸發

淡與鹹入海處交會
海領銜一切匯流
祈求漲潮務必淹沒我
夢你難以預料
你尋我早有地址
莫要吝嗇心疼
你，是我與人間的對抗

怎能不再給我海
垂眼簾，形成潮汐

5月31日，《中華日報》副刊

吳鈞堯

出生金門，曾任《幼獅文藝》主編，獲九歌出版社「年度小說獎」、五四文藝獎章、中山大學傑出校友等。《火殤世紀》獲文化部文學創作金鼎獎（小說）、《重慶潮汐》入圍臺灣文學散文金典獎，以及《100擊》、《遺神》、《孿生》等。多次入選年度小說選、散文選、新詩選，近年回歸詩隊伍，出版《靜靜如霜》、《水裡的鐘》等詩集。

近況——很忙，靠天賞臉吃飯，靠人善意邀約蹭飯；很閒，靠自己打發歲月，靠朋友歡聚打光。

浪花捲走你的身體——送別經宏（1969—2023）

李長青

那些睡眠洶湧紛繁；陰晴
不馴，我好奇他們還能稱爲
——睡眠嗎？

時間低答，抵達而你
乘浪（滴滴答答）；太陽底下眾多聲情
持續裂解持續低鳴（回放的）
含笑花

（無邊的夜）佗位是恬靜的駁岸
點點星光（黑幕籠罩）仍在排練

日昨行跡：你的話句你的眼神
你猶疑你介懷你的精神你的無要緊

整個世界棻凡流離。風雨
不管時，我好奇
他們仍是
身體——抑或一款
獨行的意志

浪花捲走你的身體時間繼續

濡濕，晦澀，風乾，你的嘆息你的笑意
你的乾咳你的過敏你的彼當時

後記：新的世紀以來，多次在經宏神岡的家中飲茶談話，我們的友誼就像案上沖泡的壺水，也像這個世界，涼微有時，燙亦有之。

註：

風雨（音讀 hong-ú，又唸作 hong-hōo）

1 風和雨。例：風雨斷腸人（hong-ú tuān-tshiâng jîn）。

2 比喻人事上的種種艱難和困苦。

5月22日，《自由時報》副刊

李長青　　**天地之間一凡人。**

近況——　　**縱情山水。**

月光白

潘家欣

某些夜裡，月光大明
那必定是年輕的夜晚
草木欹欹，像是情人的手
尚稱明朗，又捉摸不定了

更多的夜裡，月暈則漫長無邊
水泥灰，鏽色以陌生的維度
註寫春季，以及
必定寂寞的夏
有一隻野禽，細細呼喊
更多羽翼襲來
喚來的月色都承載

織造的可能性，你知道
光有去向
你聽見麼
也有些葉底
碎光流淌，傳遞著
清晰，且伏地而生的對句——
但羞月光滿
不負少年頭

謹獻與鐘逸人前輩（1921-2023）。

5月11日，《自由時報》副刊

潘家欣

1984年生，文字與圖像工作者，著有散文集《玩物誌》、詩集《如蜜帖》、《不羞胚》等，喜歡從微小處做工的各種手藝活。

近況——很迷圍棋。

躲貓貓

毛玉配慮

終有一天，一切將會彷彿回到當初
你還不存在這個世界的時候
你會把月亮留給我們無法理解的黑夜
你永遠閉上的眼睛從未把它偷走

黑夜的窗再也不會倒影你的臉龐
門口不會透露你離開之後的去向
走廊會保持漫長的沉默
時間會用塵埃擦掉你的蹤跡
你將無法循著你自己的腳印
回到我們身邊，嗅聞，磨蹭，呼喚

你的缺席將會繼續在場
繼續佔據我們填滿了瑣碎的日常
你在陽臺植物之間
再也不會投下狩獵者的影子
沙發不會想念你在它們身上磨爪
衣褲不會偷藏你掉落的貓毛
紙箱只會裝滿沒有你的空洞

彷彿你還在跟我們玩躲貓貓
但我們再也不會找到你
我們只能一次又一次地
在回憶中跟你重新相遇

從我們跟你第一次相遇那一刻起
我們就在未來等待跟你告別
預習白天再也不會有你伸展夢的四肢
黑夜再也不會有你追逐竄逃的睡意
儘管我們都懂此時此地

你跟我們互蹭是唯一的眞實
這就是我注定要在未來
再也不會有你出沒的空屋裡
爲你寫的一首悼詩
但這首詩不會有你
但這首詩每一個字
都是你和愛的同義詞

4月17日，《自由時報》副刊

毛玉配慮　請容許我隱身自己所寫過的每一首詩背後，不是為了抹滅作者，而是為了釋放作品。

近況——　“Books. Cats. Life is good.” (Edward Gorey)

輯六　活在一個比喻的世界

活在一個比喻的世界

范家駿

開始總是一些微小的震盪
過期的藥片、煞車聲、被惦記過的空號
無法過冬的事物
圍著即將結冰的湖面
遠方做不到的
窗花勾勒出另一個夏季

左邊的三角肌、臀大肌、小腿總是僵硬
寂寞的人通常肝都不太好
明信片再次寄來了完美的酒窩
你打開行李箱
看著另一個人

稍微低頭
抖抖灰塵側身出來

平交道前
對號列車通過了我的眼前
隔著雨刷
它的表情愈來愈亮
靠窗的乘客看見了我
匆匆拿出手機
拍出玻璃上的自己

一再反光
無法窺視的彩虹
藏在雨後的夜裡
有人說萬物皆有裂縫
但所有的心
都是瞬間破碎的

今天也爲了想起某個人而去散步
路邊的露珠
在傍晚
提供了一種近乎於雨的飽足感
一切都是那麼地需要落下
我凝視著夕陽
直到它變成月亮

回到夢中的小屋
除了日曆
其他都是舊的
躺在床上抽菸
時間指向窗外
一群害鳥
紛紛落在那棵就要飛起來的樹上
一直都是這樣：
快樂沒有
但悲傷總會有自己的節奏

如果不考慮那些連菸頭都不會熄滅的地下樂團
你是對的

2月9日，《自由時報》副刊

范家駿

近況——

1973年生。土木工程畢業。二十八歲於光華商場購得一台電腦開始寫詩。作品散見報章與詩刊。

喜歡用文字撫摸一些跑得特別快或特別慢的事物，例如：清晨的圓環、金色的拉鍊或突如其來的傷口……等。習慣穿有很多口袋的褲子，手插在口袋裡的時候總以為自己會突然想寫甚麼。深深覺得自介比一首詩還難寫超多，對於自己我總是想說的太多，知道得卻又太少。

雨天的定義

謝旭昇

雨天，我一無所知
經過的烏雲不停被屋角割破，有東西
掉落，沒有東西留下
雨天，無限可能的未來上方
塔式起重機仍在迴轉、擺動
雨中的黃色將逐漸完成，爲讓某一絲可能
成爲飄搖中的不動點
我們留下很多眼淚，我們本身別無含意
背對未來而走向未來，它們消失
雨天，爲了重複述說
不可重複之事

《聯合文學》四月號

謝旭昇

著有詩集《長河》（2018，後話）、詩集／小說《詩人手記》（2023，黑眼睛）。

近況——

起床，工作，在夜晚和海鳴下行走，順路吃飯，不順手拍照，讀書，劃線，寫字，睡覺。

徵文辦法

文壇消息

1・徵文對象：

也許，風可以參加
它們無國籍
無居住地等限制
在海內，也在海外
在瀏海，也在腦海
不懂各國語言
卻在各種語言的詩裡吹拂

2・作品體例：

雨寫的是不是現代詩呢？
在落地窗上，早晨到現在
早已超過三十行
（含標點符號）
晶瑩剔透，不怕被誤讀
也不怕不被誤讀

3・徵文主題：

雲有「臺北經驗」嗎？
有的，它們還有「克拉科夫經驗」
「山區二手書店經驗」
「許願池與麻雀經驗」
「白晝亮起來的街燈經驗」

4・獎勵名額與方式：

■首獎一名，好好聽風吹樹，收集嶄新的落葉。

■評審獎一名，好好被雨淋濕，允許感冒得癒。
■優等獎兩名，好好看雲的變幻，固定人生。

1月2日，《自由時報》副刊

文壇消息

敬啟者：
感謝賜稿，很抱歉，大作未能留用，祈諒。耑此敬祝
文安

蓮霧敬上

近況——

您好：
感謝賜稿但本刊決定割愛此文
萬分抱歉

若他日有新作
也歡迎再度來稿

洗手間副刊　敬啟

儀式的動物

張瀚翔

以前在城口，你告訴我人是儀式的動物
敲門、跳舞、發傳單
都是人類直立的史前史
我們就在營火裡撒下換季的羽毛
白色的火搖醒了失眠的鬼
速度是夢裡漆黑的光
你說出瀕臨絕種的禱文而我靜待落雷

在你替我披上萬物的名字時
你說大卷尾是離群的鳥
卻有能從容降落的巨大尾羽
但我只記得你說大卷尾是離群的鳥

在第五或第六個最後一次仍垂直下墜
如果火是一種高明的修辭
光的基本單位是瓦
人只是祈雨的動物
多年來，我始終不明白爲什麼
有些門一闔上就變成了牆

《幼獅文藝》十月號

張瀚翔

1995年生，畢業於國立東華大學華文文學所創作組，曾獲臺北文學獎、鍾肇政文學獎、教育部文藝創作獎、中興湖文學獎、奇萊文學獎，作品曾刊於自由時報副刊、《幼獅文藝》與《鹽分地帶文學》。著有小說《波群延遲》。

近況——常出沒於各大影展，近期正展開長篇小說寫作計畫。

幻聽

陳怡芬

一隻獨角獸在夜裡，你聽見牠
藏在鎖孔中
喀嚓轉動，心的節拍器

牠的犄角發出金屬質地的破擦音
鑽入逼仄的耳道
探穿地心最黏稠的夢境

走動的步伐像爆破音噗噗撫拍著世界的背脊
如春日驚蟄的響雷
——神的預示

「你聽，答，答，答答！屋子在哭泣
腎蕨正怯怯探向水源，以及
桌椅之間喋喋的永恆辯證」

你走在聽覺的獵場
被諸多荒野而文明的聲響圍捕
你渴望安靜

「我從未聽見大雨過後
蟻穴的動靜」
鄰人對你裸露出驢子的眼睛

4月3日，《中國時報》人間副刊

陳怡芬

桃園人，現居住新北市，淡江大學英文系畢業，著有詩集《迷宮之鳥》。曾獲新北市文學獎、葉紅女性詩獎、時報文學獎、林榮三文學獎、周夢蝶詩獎等。詩作曾入選2018、2019《臺灣詩選》。

近況——

內在地景板塊位移後，現正處於整合時期，偶爾火山噴發，偶爾伏流脈脈，大多數時間是平原，可見牛羊低頭吃牧草。

譫妄歌

崔舜華

我還戴著你送的手環
還沒想起那麼多果然
從此以後　不往復返
萬事萬物　鋒芒懸宕

一把刀揣著　閃電般現身
沿著那尖銳剖開無家者的胸膛
無路可去　無法可想
無愛可循　無血可殤

沒有心的人啊如今你認識嗎——
城市裡遊蕩的貓群

罌粟綻放的夜晚
成爲僅存的印象
夏天底昏昧無度底遊戲

充分利用了烈酒與捲菸
寫下嶄新的文章
舊事故人　荒原破巷
你也曾經死過了三或五回
之後全都像是譫妄的口技

袒露著臂膀將鍾情的床
拖進七月暗設的陷阱
在鐵和石之間睡去
作著蛇身蜿蜒的夢
撕心裂肺地說著話
徹夜飲酒　頭疼欲雨
任何不屬於你的那些

沉默的蟬蛻
傾倒的晝光
犯難的午雷
降落身體的電
可徵兆一如既往
拔山倒樹而來到——他要
拋擲你　妥協你　睏倦你　暈眩你
在陌生的信件上簽署不情願的名字
器官的契約　戀情的草記

還有未形成弧線的語言嗎？
哪裡卻毫無預警地
撞見一時代的瘋狂
意義蔓衍　藤葉消長
鑄字爲火　惜吻若金

9月1日，《聯合報》副刊

崔舜華

寫字的人。有詩集《波麗露》、《你是我背上最明亮的廢墟》、《婀薄神》、《無言歌》，散文集《你道是浮花浪蕊》、《神在》、《貓在之地》。曾獲吳濁流文學獎、林榮三文學獎、時報文學獎等。

近況——

很難述說你帶來的轉變。
如果我現在活著，那麼過去就等於死亡，
雖然，像石塊一樣，不受干擾，
習慣於靜止。

——希薇亞・普拉斯〈情書〉（陳黎・譯）

抹醬

鹿鳴

妳承認自己
逐漸活成像抹醬一般的人
存活在兩片吐司之間
忽然感到自信

妳讀懂他們的食癖
取悅每一個愛過的人——
草莓是溫馴，花生帶有淘氣
抹茶是知性
巧克力適合療癒
更多的時候

妳受困於一只密封的玻璃罐
等待被打開
再次旋緊

妳知道自己正一點一點被消耗
他們終於察覺妳
成爲被掏空的容器

「眞可惜，居然用完了」
妳聽見那人的聲音
他曾經如此愛妳
最後一次他將妳打開
沒有旋緊

好多年後
他甚至忘了妳的名字
妳仍躲在罐子裡不肯出來

完好的缺口
一些光帶著塵埃
傾注其中
晴朗的日子有最深的絕望

《聯合文學》五月號

鹿鳴

射手座A型。臺南出生，高雄長大，清大中文系畢業，現為高中老師，兼職17直播主，正在攻讀清大臺研教。寫詩和散文，得過林榮三、羅葉首獎、桃城首獎、葉紅、教育部文藝創作獎等。喜歡凌晨和冬天，養了三隻貓。

近況——

沉寂了好一陣子，2023年歷經不少荒謬的變故，搬了兩次家、換了三張身分證、每週往返於四座城市，許久沒有好好讀詩、寫詩了。

發現自己害怕的事情越來越多，怕冷、怕吵也怕老。卻也嘗試不少新的事物，在新的城市裡有了新的家庭，重新學會好好愛人。

寫下這段近況的此刻，冬天的凌晨還帶著寒意，屋內開著暖氣，有人遞來溫熱的咖啡。耳邊正傳來跨年的倒數，煙火綻放時我相信，來年或許並不壞，是時候再次提筆，我知道我會回到那裡。

造人

楊佳嫻

一條軌道送來
預定的午餐
自動縮小薯條分量
它感謝你的接納

一份推薦信已經生成
它擁有恰當身段
但你可以修改
更具個人風格

跟著螢幕指示
想像絲緞般的沙灘

做完例行瑜珈
曬小孩的帳號都已屏蔽
所有的貓影片你都笑了

鐵屋也能如此清涼
你從不擔心
會溺死於噩夢
這世界已不需要任何
討人厭的先知

2023 臺北詩歌節

楊佳嫻

臺灣大學中文所博士，清華大學中文系副教授，性別運動組織「臺灣伴侶權益推動聯盟」理事。著有詩集《少女維特》、《金烏》等四種，散文集《小火山群》、《以脆弱冶金》等六種，編有《九歌 105 年散文選》、《刺與浪：跨世代臺灣同志散文讀本》等四種。

近況——

有貓萬事足。

熱天小事

李蘋芬

白天的一隻鬼
護著他的燭火

悶雷盤坐於空中
他在擲骰子
運氣在掌心打轉
薄汗使它變得和他一樣：
猶豫，潮濕，想起熱帶

有鱷魚正死去
有命在水底，持續牽引

爲此，他止住眼淚
張開雨傘，影子的形狀像一只碗
扣住眉眼
想起曾有人
執意往他的心間探勘

一面反光，另一面陰暗
他把自己剝下來，給別人穿

他像一間氣味之屋
無人，唯有嗅覺被薰染
掌心喚起一樁流年的寓言
反光與陰暗，意欲著
這片象形的夢，將變得幽深

鬼坐下來，看大廈的冷氣漏水
熱天讓人都慵懶

他感覺渴了

《昨夜涉水》時報出版，2023

李蘋芬

1991年晚春生，著有詩集《昨夜涉水》、《初醒如飛行》。曾獲時報文學獎、臺北文學獎、詩的蓓蕾獎、文化部青年創作獎勵、國藝會獎助，合著有《心是宇宙的倒影：楊牧與詩》，現為政大中文所博士候選人。

近況——

2023年的我為自己安排了許多大事與小事，不甘心留下空隙，以這首詩作為註解，似乎再適合不過。期待來年在靜謐中思索、走路、落實，一段接著另一段，繼續寫字。

瀑布

陳柏煜

該登場了，我還沒有準備好。
當河水通過地勢落差稱爲瀑布。他們示意我繼續前進。
前方的人不知去向，後方有人等待。排隊很久才到這裡。
對了，瀑布沒有號誌燈。
綠菊花斜靠，將房間分爲左上與右下的構圖。
不知道爲什麼附近這麼多精品旅館。

隊伍起頭不久我聽見的，以爲是吸塵器或獅子的吼叫，是瀑布的聲音。

絨的葉子。他肩背的弧線或某個細節，讓他近乎不是陌生人。

如果有一天，所有的噴水池選擇噴火。

隊伍於屋內迂迴，人們不知道自己身處何處。手機沒有訊號。

他的雙腿，剪刀一樣鋒利。

筆跡在透明資料夾後，收進黑背包。

斜眼看過來的他，是在廁所與我互相打量的男人。

廣告非常好用，記得儲存一些，放在不知所措的談話中。

紙杯不建議重複使用，但乏力的它更令人喜愛。我重複，我重複。

將一座陶瓷小便斗放進美術館，並叫它「噴泉」。同意了，他也是現成物。
把中藥包裡的每一粒粉末倒乾淨。那個男人曾這樣抖著我的領子。
廣告與紙杯不再夠用。上面的字也無法識讀。
遊樂園的水道飛車，乘坐者分成兩派：緊抓握桿與高舉雙手。
無論如何都會照相，表情管理才是重點。
凡是他留下的證物，下方都要墊上廁紙。
我不會告訴你瀑布到底是什麼樣子。
數小時前我和他對坐，一同映上落地窗，成為夜景。當時我就該曉得。
懸浮在虛空中。就像旅館走廊的緊急出口照明。

三層蛋糕。他會挖空中間，再合起來。我說過我還沒準備好嗎？

塗上油膏的地方，光澤柔和，增加了某些厚度。

瀑布就像我曾經看過的一幅畫。

畫中的教皇在王座上發出垂直線的尖叫。坐上水道飛車。

瀑布就像。

桌面的水成爲漬的前一刻。

1月31日，《自由時報》副刊

陳柏煜

臺北人，政大英文系畢業。木樓合唱團、木色歌手成員。曾獲林榮三文學獎散文首獎，時報文學獎影視小說二獎（當屆首獎從缺），雲門「流浪者計畫」、文化部青年創作獎勵。作品多次入選年度文選。著有散文與評論、訪談文集《科學家》，詩集《決門那天》、《mini me》，散文集《弄泡泡的人》。譯作《夏季雪》。

近況——出版詩集《決鬥那天》。

車在一個小城鎮迴繞

蘇紹連

我開車
進入一個小城鎮
慢慢巡視找人
在陌生的眼睛之間
街道上的他們
（大部分是男人
沒有工作的影子）
注視著我的車
在車窗探測
俯身索取
生存的物資
我轉動方向盤

一朵天上的白雲
彷彿在我掌中
「你又繞回來了，哈哈」
假如天陰了
該會有雷雨
在屋頂
寫詩
即使邊境有槍聲
我的車子也不熄火
一個茫然的
搭車的士兵
掉落在地球上
他忘了怎麼走回去軍營的路
載他一程
（談軍中同袍的欺凌
談不快樂的童年
但他不是我要找的人）
我僅僅是載他一程

離開小城鎮
要越過深陷的山丘
又越過腳趾
一些沙塵
有些不安
「你又繞回來了，哈哈」
流淚說著的話
重複而悲傷
像車子的輪胎
放棄路上壓過的胎痕
放棄許多人
十多公里的路
僅種植一棵樹
夏日（沒有工作的影子
躺在路上）
炎熱是懲罰
無言的花朵
開在路上

我車子的後視鏡裡
那一個小城鎮
焚燒起來
陷入火海
我轉動頭顱
「你又繞回來了，哈哈」
經過一群老人的隊伍
我繼續找著
是的
我不能對一個人的未來失約

1月17日，《中國時報》人間副刊

蘇紹連

著有《茫茫集》、《驚心散文詩》、《隱形或者變形》、《臺灣鄉鎮小孩》、《童話遊行》、《河悲》、《我牽著一匹白馬》、《草木有情》、《大霧》、《散文詩自白書》、《私立小詩院》、《孿生小丑的吶喊》、《少年詩人夢》、《時間的影像》、《時間的背景》、《時間的零件》、《鏡頭回眸：詩與影像的思維》《無意象之城》、《你在雨中的書房我在街頭》、《非現實之城》、《我叫米克斯》、《曠遠迷茫：詩的生與死》、《攝影迷境》、《慢車道》等書。

近況——

居住臺中，繼《無意象之城》和《非現實之城》之後，現正編撰《第三座城》詩集。

預言又止（節選）——預先書寫的下一本詩集

羅智成

005

龜甲裂出第一個象形文字
離奇的徵兆觸動著我
不靈驗的預言
選中了我
我急於在知道之前將它說出
因爲知道之後
一切法力將消失

但守候的聆聽者
他們的眼光已飄向它方
新的疑問已經產生

新的經驗與態度
新的語言與形式
已將他們帶走

我才發現
這次的預言
是靈驗的

006

檢讀寫下的詩行
說不出熟悉的疲憊與索然
就在上一秒才因
掌握住它而欣喜不已
此刻已在掌中奄奄一息

啊書寫出來的
只是文字能寫出來的
我說出來的

都不再是我想說的

只因那人不在現場
只因文字只對對的人
說出對的祕密

007

說出的過程裡
遺落了什麼？
是誰？只能倖存於靜默？

啊書寫出來的
只剩片鱗半爪
失去那瞬間的完整
都已乾涸定型
失去最後一次的不確定

像文字的流刺網

誤捕上船的鸚鵡螺
睜大眼球也無法再現
那幽深壯闊的洄游
像大海只留下碼頭
和遲到的水手

008

我渴望書寫的當下
目擊下本書的發生
目擊文字尚未知曉的預言
先於作者的意圖現身

雖然那也許又是一個
被晦澀隱喻過度保護
不確切的感受
或思想的瓶頸
沙丘上載沉載浮的蜃樓
或浩瀚星雲照射下

幾乎被光線蒸發
勇敢卻徒然的觀測

009

「曾有那麼一瞬
我覺得最好的作品
快要出現了……」

我已觸及那核能般的磷火
那令神靈徹夜騷動的咒語
在千頭萬緒的漢字
反覆排列　組合中
不傳之祕漸被測繪出來
足以洞穿所有心事的射線
讓一意孤行的書寫裂變
這些被喚醒的深層意識
誘發的憂傷與連鎖反應
將比鈾的半衰期更久

010

當遮天巨浪如傾斜的海洋
正要掀翻書桌上那疊詩行
太陽風粒子掠過思緒北極
投影出滿屏極光
我暈眩而興奮地發現
這次，終於瀕臨那臨界點了

啊，難以言喻的清晰
正沖洗出思想的足跡
但你必須先繞過它保護它
避免它被還不夠妥善的
文字汙損　感染

正如以往的每一次
如果不夠密合
它會從你的文字溜走

你捕獲的　永遠只是
一首詩的替身

011
「但是我相信
謎底已在眼前」
「就在我們提防的
每個錯誤裡面」

就在此刻
千噚深的海底
漆黑的大氣壓力
正要擠兌出
一艘沉船最終的告白
我猶憋住最後一口氣
用文字的聲吶去定位
一隻螢光水母的囈語

我終能清醒地潛入
最黏稠的語言底層
從容進出自己
和別人的夢境
去竊取最初的
眞相與謊言

11月22日，《聯合報》副刊

羅智成

詩人、作家、文化評論者。臺灣大學哲學系畢業，美國威斯康辛大學（UW-Madison）東亞語文碩士，博士班肄業。曾任中國時報人間副刊編輯、中時晚報副刊主任、副總編輯，之後參與多種媒體之創辦與經營，並於文化、東吳、元智、東華、師大等各大學中文系兼任教職。也擔任過相關公職。現為文化事業負責人，臺灣師範大學國文系兼任副教授。

1975年出版第一本詩集《畫冊》，後陸續出版《光之書》、《傾斜之書》、《泥炭紀》、《寶寶之書》、《黑色鑲金》、《夢中書房》、《夢中情人》、《夢中邊陲》、《地球之島》、《透明鳥》、《諸子之書》、《迷宮書店》、《問津》、《荒涼糖果店》、《個人之島》、《預言又止》等詩集及《M湖書簡》、《文明初啟》、《南方以南・沙中之沙》、《遠在咫尺》、《知識也是一種美感經驗》等散文、評論、遊記及旅遊攝影集共二十餘種。

二魚文化　文學花園　C153
2023臺灣詩選

主編——宇文正
執行編輯——胡靖
封面題字、畫作——李蕭錕
美術設計——吳睿哲

出版者——二魚文化事業有限公司
地址——臺北市文山區興隆路四段165巷61號6樓
網址——www.fb.com/2fishes.publishinghouse
電話——（02）29373288
傳眞——（02）22341388
郵政劃撥帳號——19625599
劃撥戶名——二魚文化事業有限公司

總經銷——大和書報圖書股份有限公司
電話——（02）89902588
傳眞——（02）22901658

製版印刷——開睿實業有限公司
初版一刷——二〇二四年五月
ISBN——978-986-98737-8-9
定價——370元

本書獲臺北市政府文化局贊助出版

國家圖書館出版品預行編目（CIP）

臺灣詩選.2023＝The best Taiwanese poetry 2023／宇文正主編.
--初版.--臺北市：二魚文化事業有限公司，2024.05
256面；14.8×21公分.（文學花園；C153）
ISBN 978-986-98737-8-9（平裝）

863.51　113004950